十津川警部 捜査行

わが愛 知床に消えた女

西村京太郎

双葉文庫

目次

十津川警部捜査行
わが愛　知床に消えた女

わが愛　知床に消えた女

1

警視庁捜査一課の刑事として、十津川班で活躍していた橋本豊《はしもとゆたか》が、警視庁をやめ、私立探偵を始めて、五年になる。

最初の頃、橋本のところにくる依頼は、結婚調査が多かった。自分の娘、あるいは、息子の相手の素行を調べてほしいという、両親の依頼である。

最近は、行方不明の家族を、探してほしいという依頼が、多くなってきた。不安定な世相を、反映しているのか、それとも、核家族化が進んで、家族がばらばらになっている証拠なのか、今日五月二十日の依頼も、一カ月前から行方不明になっているひとり娘の、行方を探してほしいという両親からの、依頼だった。

依頼主の名前は、三浦誠一《みうらせいいち》、妻、富美子《とみこ》、二人とも五十代で、夫の三浦誠一のほうは、五年後に、定年を控えていた。

三浦夫妻は、橋本に、一枚の写真を見せた。ひとり娘の三浦亜紀《あき》、二十九歳の写真だという。

母親の富美子が、

「娘は、短大を卒業したあと、M商事に入社して、一カ月前まで、真面目に働いていました。ほとんど、休むこともなく、一生懸命に、仕事をしてまいりました。それが、四月二十三日の朝、いつものように家を出て、会社に、出勤したものとばかり思っておりましたところ、いつまで経《た》っても、帰ってこないので、会社に電話してみましたら、今日は出勤していないどころか、退職届を、出しているといわれました」

「それからどうなったんですか？」

橋本が、きいた。

「心配していたら、次の日に、この手紙が届いたんです」

父親の誠一が、二つに折れた封筒を見せた。裏には、三浦亜紀とあったが、住所の記入はない。

なかの便箋には、生真面目な感じの読みやすい字が並んでいた。

〈突然、家を出るような真似をして、ごめんなさい。私も、もう二十九歳。来月には三十歳です。今まで、お父さん、お母さんと一緒に住んでいて、ある意味、気楽な生活でした。でも一度は、ひとりで生活してみたいと、思うことが多くなってきました。私のわがままかもしれませんが、二カ月、いえ、せめて一カ月。私に、勝手な生活を味わわせてください〉

「これは、娘さんの字ですか?」

と橋本が、きいた。

「ええ、間違いなく娘の字です」

母親が、うなずく。

(どうやら、少し遅めの親離れか)

と橋本は、思った。

両親も、同じように思ったらしい。

「ですから、今まで、警察に、捜索願も出しませんでした」

「それなのに、今、私どものところに、いらっしゃったのは、どうしてですか?」

と父親は、いった。

「もう一カ月も、連絡がないんです」

母親が、小声で、いった。

「まったく連絡がないんですか？」

「手紙も電話もありません」

「娘さんは、携帯は持っていないんですか？」

「持っていると思いますけど。以前、使っていたのは、机の引き出しに入れたままになっていました。勤めが終われば、すぐ帰宅してましたし、心配をかけるようなことも、ありませんでしたし、普段から、携帯に、かけるようなことも、なかったんです。新しい携帯にしたんだと思いますが、番号が、わからなくて」

「M商事に、九年間、勤められたんですね？」

「はい」

「その間に、職場で、好きになった男性はいなかったんですか？」

橋本が、きくと、母親は、

「先日、娘の働いていた職場に伺って、同じことを、皆さんにおききしましたら、そういうことはなかったということでした」

「しかし、二十代で九年間も勤められたんでしょう？」

「その写真をごらんになってもわかると思いますけど、娘は、地味で、男の方から見たら、面白味《おもしろみ》のない女に見られたんでしょうね。会社の同僚の方は、うちの娘には、一度も、そうした華やかな噂をきいたことはなかったと、気の毒そうにおっしゃっていました」

と母親は、いう。

写真を見ても、髪形は流行遅れだし、着ている服装も、地味である。何よりも、表情が暗い。

「娘さんは、現在二十九歳だとおっしゃいましたね？　そのことと、今回の失踪と、関係はあると思われますか？」

橋本が、きくと、母親に代わって今度は、父親の三浦誠一が、

「家内とも話していたんですが、娘も二十九歳、まもなく、三十歳になりますから、そろそろ結婚のことも、心配だと思って、それを口に出して娘にいいました。いなくなる一週間ほど前だったと、思います」

「娘さんに、どういいました？」

「そろそろ、結婚のことを考えてもいいんじゃないか？　誰か、好きな人がいるんじゃないか？　そんなふうにきいたのですが、娘は笑いながら、まだそういう人は見つかっていないと、いっていましたね」

「そのことが、今回の失踪の原因になっていると、お考えですか？」

「わかりませんけど、そんな、気もしています」

両親が持ってきた三枚の写真には、和服姿や洋服姿の、三浦亜紀が写っているのだが、確かに、地味な感じで、というよりも、どこか、暗い感じがする。

これでは、男のほうから、声をかけようという気には、ならないだろう。三浦亜紀は、そんな感じを持たせる女性だった。

しかし、三浦亜紀が、突然、両親に黙って九年間勤めた会社を、退職し、失踪したということを考えると、どうしても、男の影を感じてしまうのだ。

「ご両親は、娘さんのいきそうなところは、もちろん、もう全部調べられたんでしょうね？」

橋本が、きいた。

「ええ、もちろん、考えられるところには、直接いってみたり、電話をかけたりして、調べました。どこに問い合わせても、娘のことは、しらないという返事なので、こうしてお願いにあがったんです」

と、父親が、いった。

橋本は、行方不明になっている、三浦亜紀の身長や体重、話し方の癖などをきいて、写真の裏に、それを書きこんだあと、

「娘さんのことで、まだ、おっしゃっていないことがありませんか？」

「どんなことでしょうか？」

母親の富美子が、きく。

「そうですね、例えば、お金のことです。一円も持たずに、家出をしたということは考えられませんから、現在、どのくらいのお金を、持っているのか、それを、しっておきたいのですよ」

橋本が、いうと、なぜか、両親は、顔を見合わせたまま、黙りこんでしまった。

そんな様子を見て、橋本は、ずばりと、

「ひょっとすると、娘さんは、大金を持って、家出をしたんじゃないんですか？」

と、きいてみた。

「それがですね、娘は九年間、M商事に勤めまして、その間、何ひとつ、贅沢もせず、遊びにもあまりいかずに、お給料やボーナスを、こつこつと、貯金していたんですよ。それが、いつの間にか一千万円になっていました。そのお金が、娘が失踪した日に、銀行から、全額引き出されていたんですよ」

富美子が、いう。

「一千万円ですか」

橋本は、その金額の、大きさにびっくりした。

「もちろん、そのお金は、全部、娘のものですから、どうしようと、娘の勝手なんですけど、それを、現金化して、持っていったと、銀行の方にきいたので――」

「失踪時に、一千万円の現金を、娘さんは持っているわけですね？」

「そうなんです。そのことが、少しばかり気になるんですけど」

母親が、いった。

今日は五月二十日、来月になると、娘は三十歳になると、母親の富美子が、いった。

一千万円の現金を、持っていなくなったと、きいて、橋本の頭のなかには、また、男という文字が浮かんできた。

三浦亜紀という二十九歳の女性が、突然、家出をした。その陰に男がいて、その男に、いわれて、九年間もの間、こつこつと貯めた一千万円を、持っていったのではないのか？　どうしても、そう思えてしまうのだ。

2

橋本は、仕事を依頼してきた三浦夫妻と、一日の日当や、経費、そして、娘の三浦亜紀が、見つかった場合の、成功報酬の額を決めたあとで、さっそく、調査に、取りかかった。

両親は、娘が勤めていたM商事の同僚たちに、会って、話をきいたといっていた。

しかし、もしかすると、両親には、いえない話があるのかもしれない。

そう考えて、橋本は、三浦亜紀が働いていたM商事の経理部の同僚、特に、同じ年代の女性社員三人の名前を教えてもらい、すぐに連絡を入れ、会社が終わったあと、近くの喫茶店で、彼女たちに話をきいてみることにした。

三人とも二十代の後半、ひとりは、すでに、結婚していた。

橋本は、三人に紅茶とケーキを注文し、自分はコーヒーを飲みながら、

「皆さんは、同僚の三浦亜紀さんが、突然、会社をやめたことに、驚かれたんじゃありませんか？」

と、きくと、

「ええ、驚きました」

と、ひとりが、うなずいた。

「私は、亜紀さんは、定年までずっと、うちの会社で働くものとばかり、思っていましたから」

「どうして、そう思ったんですか?」

「男性なら普通なんでしょうけど、彼女は、結婚しても、ずっとうちの会社で働くんじゃないか、そんな感じが、していたんですよ。真面目だし、地味な仕事が、彼女には合っているし、派手なことが、嫌いだから」

「三浦亜紀さんは、M商事を、やめただけではなくて、家を出てしまったんです。そのことは、ご両親から、おききになりましたか?」

「ええ、ききました。ご両親が、わざわざ、会社にいらっしゃって、亜紀さんの行く先に、心当たりがないかってきかれたんです」

「それで、どう、答えたんですか?」

「わかりませんと答えましたよ。だって、本当なんだから」

「三浦亜紀さんは、M商事に、九年間勤めていたわけでしょう? それも二十代に。だとすれば、誰か、特定の彼氏が、いたんじゃありませんか？　今回の家出には、その彼氏が、関係しているのではないかと、そんなふうに思うのですが、違いますか？」

「それが、違うんです」

「どうしてですか？」

「九年もいれば、普通は、好きな男の人が、ひとりや二人、いても、おかしくないんだけど、彼女だけは、そんな噂が、全然なかったわ」

「まったくなかったんですか？」

「ええ、不思議なくらい、なかったんです」

ひとりが、いうと、もうひとりが、

「そうなんですよ。珍しいんだけど、亜紀さんと、つき合っている男性社員がいるなんて話を、きいたことが、全然なかった」

「どうしてですかね？」

「彼女が、真面目すぎるんじゃないかしら？　亜紀さんって、とにかく、地味なの。だから、男性が、声をかける気にならないんじゃないかしら？」

「しかし、男性社員と、一緒に忘年会をやったり、カラオケにいったり、飲んだりすることはあったんじゃありませんか？」

「ええ、あったけど、彼女は、そういう会にはほとんど参加しなかったわ。たまに、忘年会で一緒になっても、ひとりだけ、ぽつんとしているので、私、彼女が可哀相になって、女同士で、お酒を飲んだりしたこともありましたけど」

三人目の女性社員が、いった。

「皆さんが、三浦亜紀さんと一緒に、旅行をしたことはなかったんですか？」

「そうねえ。考えてみたら、彼女と一緒に旅行をしたの覚えていないから、なかったんじゃないかしら？」

「しかし、誘ったことは、あるでしょう、一緒に、旅行しないかって」

「ええ、最初のうちは、誘ったんだけど、いつも、断られるので、誰も誘わなくなったんですよ」

三人は、口を揃えて、いった。

どうやら、この三人の女性社員と三浦亜紀は、旅行をしたことが、ないらしい。しかし、二十代の九年間に、一度も旅行をしたことがないなどということは、考えられない。たぶん、ひとりで旅行していたのだろう。

橋本は、その日の夜、三浦夫妻に電話をした。

「娘さんは、M商事に勤めていた間に、旅行をしたことはありませんか？　二十代の若い女性なら、たいていは、何回か旅行をしているはずなんですがね」

と、きくと、

「ええ、何回か、旅行にはいっていますよ」

と、母親が、答えた。

「それは、娘さんひとりで、旅行にいったんですか？　誰かと一緒にいったんですか？」

「たぶん、ひとりだったと、思います。先日、会社にいって、同僚の方におききしたら、娘と一緒に旅行したことは、ないとおっしゃってましたから、いつもひとりでいっていたんだと、思います」

「行く先は、わかりますか？」

「いいえ」

「娘さんは、いつも、行く先をいわなかったんですか？」

「以前は、行く先を、ちゃんと教えてくれたし、いった先から、電話をくれていたんですけれど、この二年くらい、行く先を教えてくれなくなりました」

「なぜですか？」

「それが、わからないんです」

「一番長い旅行は、何泊くらいしていたんですか？」

「たいていは、一泊か二泊で、帰ってきていましたけど、二年前に、一週間ほど、いっています」

「一週間ですか？」

「ええ、会社に、休暇届を出して、一週間旅にいってました。今から考えると、この時期から、行く先をいわなくなったと思います」

「その旅行ですが、ひとりで出かけたんですか？」

「ええ、旅行にいく時は、いつも、ひとりで出かけておりましたから、その時もひとりでした。帰ってきた時も同じように、ひとりでです」

「それは、二年前のいつ頃ですか？」

「確か、四月の二十日頃でした」

「そうすると、今回の家出の時期も、ほぼ、同じですね？」

「ええ、でも、何か関係があるんでしょうか？」

「それは、まだわかりません。その一週間の、旅行の行き先は、わからないんですか？」

「ええ、どこにいったとも、教えてくれませんでしたから」

「一週間も、旅行してくれれば、何か、お土産を買ってきたんじゃありませんか？」

「その時、何か、お土産を、もらったような記憶は、ありませんけど」

「旅行中の写真を、見たこともないんですか？」

「ええ、ありません。写真を、見せてもらったことも、旅行中の話を、きいたこともありません」

「あまり楽しい旅行じゃなかったのかな。ところで、亜紀さんの部屋は、そのままに、なっていますか？」

「ええ、娘が、いつ、帰ってくるかわかりませんから、そのままにしてありますけど」

「では、明日、午前中に、そちらに伺って、娘さんの部屋を、見せていただきたいと思います」

と、橋本は、いった。

3

翌日、橋本は、午前十時すぎに、世田谷区《せたがや》給田《きゅうでん》にある、三浦家を訪ねた。

こぢんまりとした、二階建ての家である。

その二階に、三浦亜紀の部屋があった。八畳の洋室に、ベッドがあり、机がある。

テレビ、洋服ダンスなど、必要なものは、一応、揃っている。

橋本は、ゆっくりと、手がかりを求めて、調べていった。

机の引き出しを開けると、母親が、いったとおり、携帯電話が入れてあった。

「娘さんは、普段は、携帯電話を持って、出かけないんですか？」

橋本が、きくと、

「いいえ、いつも、持って出ていたはずです。家出をしたあとで調べたら、その携帯が、机の引き出しに入れたままに、なっていたんです」

「そうなんですか」

と、首をかしげながら、橋本は、その携帯電話を、調べてみた。

すると、携帯電話には、なぜか、肝心のチップが、入っていなかった。

「お母さんは、亜紀さんの、この携帯の番号をしっていますね？」

「ええ、もちろん、しっていますよ」

富美子は、その番号をいった。確かに、机の引き出しに入っていた携帯電話は、その番号である。

「いつ頃からその番号だったか、覚えていますか？」

「確か、もう四、五年前からだと思いますけど」

と、母親が、いう。

その携帯電話を、置いて家出をした。その上、携帯電話には、チップが、入っていなかった。

三浦亜紀は、両親に黙って、新しい携帯電話を購入し、今まで使っていた携帯電話から、チップを外して、交信記録を、調べられないように、したのではないだろうか？

（家出は、かなり前から計画し、実行したらしい）

と、橋本は、思った。

部屋の隅に置かれた小さな本箱には、これといった本は入っていなかったが、そのなかで、橋本が注目したのは、旅行案内の本が、ずらりと、並んでいたことだった。

北は北海道《ほっかいどう》から、南は沖縄《おきなわ》まで、全二十巻の「日本案内」というシリーズ本である。

「ここに、日本全国の、旅行案内が、ずらりと、並んでいますが、これを見ると、娘さんは、旅行が、好きだったんじゃありませんか？」

橋本が、きくと、富美子は、首をかしげて、

「あの娘《こ》が、それほど、旅行好きだったとは思えませんけど」

「しかし、このシリーズは、全部、揃っているみたいですよ」

橋本は、その一冊を引き抜いて、カバーの袖を見た。

そこには、第一巻から、第二十巻までの、それぞれの、内容が、タイトルになって書いてある。

どうやら、県別に、なっているのではなく、地域別に、なっていることがわかった。

例えば、東北は六県すべてで一冊になっているが、鎌倉《かまくら》、箱根《はこね》、伊豆《いず》は、それぞれ一冊ずつ本になっていた。

北海道は、二冊になっているのだが、そのうちの一冊が、なくなっていることに気がついた。

二冊ある北海道のうち、残っているのは「北海道② 札幌《さっぽろ》、小樽《おたる》、富良野《ふらの》、函館《はこだて》」というタイトルの本である。

北海道のほかの地域は、なくなっている、もう一冊のほうに、載っていると考えていいだろう。二冊ある北海道の本のうち「北海道①」という本が見当たらないのである。

今回の家出の時、三浦亜紀は、この本棚から「北海道①」を持っていったのだろう。

「北海道①」には、釧路《くしろ》、網走《あばしり》、知床《しれとこ》が載っているらしい。

「娘さんは、最近、もう一つ、新しい携帯電話を買っているはずです。どこで携帯を買っていたのか、わかりますか？」

橋本が、きいた。

「確か、駅前の、商店街に携帯を扱っているK社の営業所があるので、そこで、買っているのだと思いますけど」

「とにかく、その店にいって、娘さんが、新しい携帯を購入したかどうかを、きいてみてください。買っていたら、番号を教えてもらって、私に連絡してください」

橋本は、このあと、最寄りの駅の近くにある本屋に入り、三浦亜紀の部屋にあったのと同じ旅行シリーズのなかから、なくなっていた「北海道①」を買って、自分の探偵事務所に戻った。

事務所には、秘書兼事務員兼金庫番の田中《たなか》ゆかり、二十五歳がいる。

橋本の顔を見ると、ゆかりは、

「何か、手がかりが、見つかったんですか？」

「まだ摑めていないが、行き先の想像は、つくような気がするんだ」

橋本は、買ってきた「北海道①」の旅行案内に、目を通してみることにした。

目次を見ると、帯広《おびひろ》、網走、釧路湿原、そして、知床となっている。

ゆかりが、コーヒーを淹れたついでに、本を覗きこんで、

「三浦亜紀さんは、北海道に、いったんですか？」

「いや、そうと、決まったわけじゃないんだ。それに、北海道は広い。この本だって、帯広、網走、釧路湿原、知床だよ。彼女が、このなかの、どこにいったのか、わからないんだ」

「でも、いいところばかりじゃ、ありませんか？　北海道に、探しにいくんなら、私も、連れていってください。ここで、働くようになってから、まだ一度も、どこかに、連れていってもらったことありませんよ」

と、ゆかりは、文句をいった。

「そうだな。今度は、君にも、一緒にいってもらおう。探す相手が、二十代の独身女性なんだから」

と、橋本が、いった。

橋本は「北海道①」の本に載っている名所旧跡を、書き出していった。

その地名を見ながら、橋本が考えこんでいると、彼の携帯電話が、鳴った。

相手は、三浦富美子だった。

「さっき、駅前にある、営業所にいって、きいてみたんです。そうしたら、橋本さんのいったとおりでした。娘は、二カ月前に、新しい携帯を買っていました。でも、どうして母親の私に、そのことを教えてくれなかったんでしょうか？」

「娘さんには、娘さんの、都合があったんでしょう。番号はわかったんだから、いいじゃないですか。かけて、みましたか？」

「ええ、すぐに、かけましたけど、かからないんです。きっと、娘は、電源を、オフにしているんだと思います」

「私にも、その番号を、教えてください」

と、橋本がいった。

彼女の引き出しに入っていた、古い携帯電話とは、番号が違っている。意図して、番号を変えたのか、それとも、偶然なのか。判断のしようがない。

橋本は、K社の営業所に電話をした。差し障りのないように、事情を話し、親の許可も得ていることを説明した上で、新しい三浦亜紀の、電話番号を伝え、

「二カ月前に、お宅で買った携帯ですが、今日までの、交信記録、教えてくれませんか?」

と、いうと、

「申しわけありませんが、それは、お教えできません。最近は、個人情報の保護が、やかましいもので」

と、相手がいう。

「それでは、この番号の携帯をですね、最近、どの地区で、かけていたか、あるいは、受けていたか? それだけでも、教えてもらえませんか?」

橋本が頼むと、

「それだけならば、構わないと思います。ええと、北海道の、知床管内です」

と、教えてくれた。

「それは、知床管内で、かけたんですか、それとも、受信したんですか？」

「どちらも、しています」

橋本は、にっこりして、秘書の田中ゆかりに、

「三浦亜紀の、行き先がわかったよ。北海道の知床だ」

「じゃあ、三浦亜紀さんは、知床が見たくて、いったんじゃないんですか？　何か、観光旅行みたいな感じで。覚悟の家出というような感じはしませんけど」

「とにかく、明日の切符を、手配してくれ。知床へいく飛行機の切符だ」

橋本がいうと、ゆかりは、すぐに電話で、明日の切符を予約した。

「羽田《はねだ》－女満別《めまんべつ》の切符を二枚、予約しておきました」

「二枚？」

「一緒に連れていくと、おっしゃいましたよ」

ゆかりは、笑顔で、いった。

4

翌日、橋本は、ゆかりを連れて、女満別に向かった。

ウィークデイなのに、女満別に飛ぶ飛行機は、ほぼ、満席だった。最近、知床が世界遺産になって、観光客が増え、その知床にいくには、女満別空港が、一番、近いからだろう。

女満別空港で、降りると、さすがに、北海道、五月二十三日だが、かなり涼しいというよりも、風が、冷たかった。

女満別空港からタクシーを拾い、知床の町ウトロに向かった。

そのタクシーのなかで、ゆかりが、きく。

「知床のこと、三浦亜紀さんの、ご両親には教えなくていいんですか？」

「まだ、三浦亜紀が、知床にいるという、確証はないんだ」

「しかし、誰かが、知床の管内で、三浦亜紀さんの携帯に連絡を取るか、彼女のほうから、連絡したかしたんでしょう。知床にいることは、間違いないんじゃありません？」

「そうだがね。彼女の携帯を、誰かが奪って、かけているのかもしれないからね。そうだとすると、かえって、あの両親を、悲しませることになる。だから、三浦亜紀が見つかるまでは、両親には、連絡しないことにしておきたいんだ」

と、橋本は、いった。

タクシーが、走り出すと、道路の両側に、広大な、北海道の景色が広がる。一面の畑と思っていると、景色は、牧草地帯に変わり、何頭かの牛が、のんびりと、寝そべっていたりする。

その、広大な畑や牧草地の間を、道路がまっすぐ、はるか彼方《かなた》まで、延びている。

信号機はほとんどない。

それでも、五十キロ制限に、なっていた。

ゆかりが、不思議がって、

「どうして、五十キロ制限なんですか？　道路は、まっすぐだし、ほとんど、車は、走っていないじゃない」

と、運転手に、きく。

「そうなんですけどね。私なんかは、時々、二百キロくらいで、飛ばしたいと思いますよ。でも、やっぱり、制限速度を、守っていないと、捕まって、タクシーをやれなくなりますから」

運転手が笑っている。

途中の網走から、道路は、海岸沿いを走ることになる。

急に、車の数が増え始め、大型の観光バスも、何台か、数えられるようになった。

どうやら、行き先は、バスも自家用車も、知床らしい。

途中、道路沿いで大きな滝に、ぶつかった。

オシンコシンの滝というらしい。

道路わきに駐車場があり、自家用車や観光バスが、何台も駐まっている。

「どうします？　車を停めますか？」

運転手が、きいた。

「いや、まっすぐ、知床へやってくれ」

と、橋本が、いった。

ここにきたのは、あくまでも、仕事のためである。

とにかく、行方不明の、三浦亜紀という女性を、探さなければならないのである。成功すれば、成功報酬が、もらえるが、失敗すれば、必要経費しか、もらえない。

そんな時に、途中の滝を、観賞する余裕は、橋本にはなかった。

タクシーは、ウトロの町に入った。

途端に、運転手が、急ブレーキを踏み、橋本は、あやうく、前のめりに、なるところだった。

隣に座っている、ゆかりが、

「あ、鹿！」

と、大声を、出した。

なるほど、道路を、ゆっくりと、鹿が二頭、横断しているのが見えた。ニホンジカに比べて、一回り大きい、エゾシカである。

「素敵だわ。町の真ん中で、エゾシカが見られるなんて」

ゆかりが、目を輝かせていうと、タクシーの運転手は苦笑して、

「それがですね、鹿が、増えすぎちゃって、地元の人間は困っているんです。山からおりてきた鹿が、何頭も町のなかを歩き回っていて、家庭菜園の果物なんかを、食べてしまうんですよ。かといって、殺すわけにもいかず、町の人のなかに

は、鹿を見つけると、石をぶつけて、追い払う人も、多いみたいですよ」

知床の町は、北の一角が、大きな港になっていて、知床観光の船が、並んで、係留《けいりゅう》されている。

タクシーは、途中から、高台に向かって、あがっていった。そこに、予約しておいた〈知床第一ホテル〉が、あった。

かなり大きなホテルである。ロビーには、知床遊覧船の出航する時刻表が出ていた。

橋本は、フロントで、

「できれば、知床の町が一望できる部屋にしていただきたい」

と、いった。

案内されたのは、海側の二階にある、続き部屋である。部屋に入って、窓のカーテンを開けると、知床の町が一望できた。

何か、西部劇の町を思い出させるような、町並みである。どの家も店も、真新しく、プレハブ作りみたいに見える。

その町の向こうに、港があって、大小の観光船が、ずらりと、並んでいる。

「今日は、遊覧船は出ないんですか？」

橋本が、案内してくれたルーム係にきくと、

「今日は波が荒いので、朝からずっと、欠航なんですよ」

「欠航が多いの？」

「今頃は、風が強い時が多くて、二日も三日も、欠航する場合もありますよ」

橋本が、お茶を飲んでいると、隣の部屋から、ゆかりが、ドアをノックして、入ってきた。

「明日、あの観光船に、乗りましょうよ」

と、ゆかりが、橋本に、いった。

「大きなほうが町営観光船で、ほかに、小さい船が、並んでいるでしょう？　あれは、私営の、クルーザーなんですって。町には、遊覧船の専門の店が、ずらりと、並んでいて、ひとりか二人でも、乗せてくれるそうですよ」

無邪気に、目を輝かせている。

「観光船に乗るのもいいけど、私たちはここに、観光にきたんじゃないよ。人探しに、きたんだ」

「ええ、わかってますけど、どうやって探すんです？」

「この窓から、知床の町が一望できるから、見てみなさい」

橋本は、窓際まで、歩いていって、もう一度町を見下ろした。

「小さな町なんですね」

と、ゆかりが、いう。

「三浦亜紀が、この町にいれば、調べていけば、簡単に、見つかると思っている」

「彼女、一千万円の、現金を持っているんでしょう？」

「両親は、そういっている」

「そうだとしたら、その一千万円を、まだ、彼女が持っているんでしょうか？」

「普通に考えれば、まだ、持っているさ。だが、何か犯罪に、巻きこまれていたら、今頃、一千万円は、どこかに、消えてしまっているだろうね」

橋本は、冷静な口調で、いった。

相変わらず、橋本の頭には、三浦亜紀には、男がいたという考えがある。もし、その男が、悪人だったら、今頃、亜紀の一千万円は、奪われてしまっているだろう。

このホテルでは、朝食も夕食も、バイキング形式になっている。二人は、夕食のために、一階の、広いレストランにおりていった。

橋本は、フロントに寄って、東京から持ってきた、三浦亜紀の写真三枚を、見せた。

「四月二十三日頃、この女性が、泊まりにきたことは、ありませんかね？　住所は東京の世田谷で、名前は三浦亜紀、二十九歳なんですが」

「この方が、私どものホテルに、お泊まりになったことはございません」

フロント係の返事は、そっけなかった。

橋本は、翌朝、目を覚ますと、ベッドからおりて、窓のカーテンを開けた。

（やっぱり、西部開拓時代みたいな町だな）

と思いながら、視線を、先に向けると、今日も、波が荒いらしく、沖のほうが、白く光っている。

ゆかりを誘って、一階の食堂へ、いく。

その途中で、入口の掲示板を見ると、今日も、遊覧船の出航時刻のところに〈欠航〉と、書かれてあった。

二人は、食事をすませると、レンタカーを借り、三浦亜紀を探すことにした。

ホテルから、ゆるい坂を、おりていくと、昨日、女満別からきた、道路にぶつかる。

その先の交差点には、信号がある。

まっすぐ、北へ向かえば知床峠。

反対方向にいくと、知床の町があり、その先に、観光船が、係留されている港がある。

通りに面して、知床観光を商売にしている店が、ずらりと並んでいる。どの店も、観光船を持っているのだ。

店のなかは、待合室になっていて、店の観光船が出航する時刻表が、出ていた。

今日の場合は、すべて〈欠航〉の文字になっている。

橋本は、その一軒に、入っていった。

店の奥は、五、六人で満員になってしまいそうな待合室になっている。壁には、観光船の写真や、船の舵輪《だりん》、碇《いかり》などが、飾ってあった。

喫茶室にもなっているので、橋本は、コーヒーを頼み、店の主人に、ここでも、三浦亜紀の写真を見せて、

「最近、この女性が、この店の、観光船に乗ったことがありませんか?」

と、きいてみた。

四十代に見える、太った、店のオーナーは、店で働く女の子も呼んで、二人で、三浦亜紀の写真を、熱心に見ていたが、

「この人は、見たことが、ありませんね。何で、この人を、探しているんですか？」

「ちょっと、この娘さんの、両親に頼まれましてね」

とだけ、橋本は、いった。

その店を出ると、並んでいる店の、一軒一軒に、当たってみることにした。

しかし、どの店できいても、三浦亜紀を見たとか、船に乗せたという答えは、返ってこなかった。

少しばかり、がっかりして、二人は気分直しに、車で港へ出てみた。コンクリートで固めた、港である。

そこには、町営の大型観光船や、私営の小型のクルーザー、大型ボートなどが、ずらりと並んでいる。

知床観光船案内の、立て看板が立っていて、小さな案内所があった。

案内所では、初老の、日焼けした男が留守番をしていたが、今日は、観光船が出ないので、退屈そうにしている。その男にも、橋本は、三浦亜紀の、写真を見

せた。

しかし、彼も、首を横に振るだけだった。

その後、何軒かの、主だったホテルを回ってみたが、三浦亜紀は、宿泊しておらず、反応は同じだった。

二人は、再び町の中心に戻ると、駐在所を見つけ、五十代と思われる巡査にも、三浦亜紀のことを、きいてみた。

写真を見た巡査に、

「この女性を見かけたことは、ありませんね」

と、いわれてしまった。

車に戻ると、ゆかりが、

「三浦亜紀さんは、知床には、こなかったんじゃないですか。狭い町だから、きていれば、誰かが、覚えていると思いますけど」

「いや、彼女は、間違いなく、ここにきているよ」

「でも、どこでも、見たことはないといわれたじゃ、ありませんか」

「今、駐在所の巡査の言葉を、きいただろう？」

「あの巡査だって、三浦亜紀さんの写真を見て、見たことがないと、いってましたよ」

「確かに、そういったが、少しばかり、目が泳いでいた」

と、橋本が、いった。

「目が泳いでいたって、どういうことですか？」

「あの目は、嘘をついてる目だ」

と、橋本が、いった。

商店街には、北海道の港町らしく、寿司屋が、何軒かあった。どの店も、真新しい造りである。

「夕食は、ホテルではとらず、寿司屋に、寄ってみようじゃないか。寿司を食べながら、それとなく、三浦亜紀のことがきけるからね」

と、橋本が、いった。

二人が入ったのも、新しい造りの寿司屋だった。カウンターの向こうに、寿司職人がひとり、それに、奥さんらしい、和服姿の女性がいて、お茶を、淹れてくれた。

橋本は、握ってくれた寿司を食べながら、女将に、三浦亜紀の写真を、見せた。

若い女将は、

「見たことは、ありませんね。ごめんなさいね」

と、いってから、急に、裏に、通じるドアを開けると、

「こら！」

と、大声で、叫んだ。

寿司屋の裏が、庭になっている。

そこに草花が咲き乱れているのだが、大きなエゾシカが入ってきて、その草花を、むしゃむしゃ、食べていたのである。

女将が怒鳴っても、エゾシカは、平気な顔で、食べ続けている。

女将は、今度は、庭の石を拾って、それを、エゾシカに、向かって投げつけた。

石が、一頭の、腹のあたりに当たって、やっと、一頭のエゾシカは、逃げていった。

「大変ですね」

ゆかりがいうと、女将は、手をはたきながら、

「こんな小さな庭でも、大事に、草花を育てているので、一応、柵《さく》を作ったんで

すけど、エゾシカは、柵なんか、簡単に壊して入ってくるんですよ」

と、いった。

二人は、ここでも、収穫のないまま、ホテルに帰った。

翌日は、朝から、雨になった。

朝食をとるために、食堂におりていくと、フロント係が、橋本に向かって、

「お客様が、きていますよ」

と、いった。

橋本は、一瞬、三浦亜紀ではないかと、思ったが、

「向こうで、待っていらっしゃいます」

と、フロント係が、指差した方向にいたのは、中年の男だった。

橋本は、ゆかりには、先に、朝食を食べているように、いっておいて、その男をロビーの隅のティールームに誘った。

「私に、何かご用ですか？」

と橋本はきいた。

5

その男が、橋本に向かって、名刺を差し出した。〈セフティコンサルタント 坂本清《さかもときよし》〉と、あった。

「失礼ですが、セフティコンサルタントというのは、どういうことですか?」

橋本が、きくと、坂本が、照れたように笑って、

「何しろ、この仕事は、一週間前に始めたばかりなので、どう説明したらいいのか、自分でも、わからんのです。実は、私は、一週間前まで、このウトロの町で、巡査を、やっていましてね。退職したあと、警察官だったことを、利用して、ボディガードみたいなこともやってみたいのですよ」

「実は昨日、この町の、駐在所にいって、そこにいたおまわりさんに、話をきいたんですが、一週間前までは、あそこに、坂本さんが、いらっしゃったわけですか?」

「そうです。私がやめたので網走署のほうから、急遽、私の代わりが、きたわけです。だから、ウトロのことは、よくしらない巡査だと、思いますね」

「それで、坂本さんは、私に、何を、いいに、こられたんですか？」

「あなたが、探している女性、三浦亜紀さんなんですが、すでに二週間前に亡《な》くなっています。それを、おしらせしようと、思いましてね」

男は、あっさりという。橋本は、びっくりして、

「三浦亜紀さんが死んだ？　本当ですか？」

「ええ、本当です」

「しかし、ここへきてから、何人かに、彼女のことを、きいたんですが、しらないという、答えばかりでした。なぜ、死んだことを、教えてくれなかったんでしょうか？」

「そうですね。たぶん、死に方が、尋常じゃなかったからじゃないでしょうか？　それで、誰もが、口をつぐんでしまっているんじゃないかと、思いますね。私も、彼女の死に方に納得がいかなくて、警察をやめたんですよ」

坂本が、いった。

「三浦亜紀さんは、どんな死に方を、したんですか？」

「もう、遊覧船に、乗られましたか？」

「乗ろうと、思ったのですが、風が強くて、欠航ということでした」

「五月の知床は、すばらしいんです。遊覧船も、知床半島の先端までいきます。ただ風が強くて、欠航も多くなるし、ヒグマが、出てきます」

「なるほど」

「知床半島の先端近くに、ボコイの入江という、小さな入江がありましてね。番小屋があります。毎年、ウトロに住むツネさんというおばあさんが、その番小屋に、泊まりこんで、流れてくる昆布を、拾っては海岸で干し、まとめて、市場に出していたんです。その、おばあさんが、亡くなりましてね。番小屋は、空いているんですが、よく、ヒグマがやってくるところで、ちょっと、危険なところなんです。その小さな入江で、三浦亜紀さんは、死んでいたんです。顔半分がむしり取られたような、本当に無惨な死体でした。明らかに、ヒグマに襲われたんです。ヒグマの一撃を、受けると、人間の顔なんか、失《な》くなってしまいますからね」

「三浦亜紀さんは、なぜ、そんなところで、ヒグマに、殺されたんですか？」

「それがわからなくて、さまざまな憶測が飛びました。ボコイの入江には、陸上からいくのは難しくて、海上からいくしかありませんが、遊覧船は、そこには立ち寄りません。そうなると、誰かが、三浦亜紀さんをその入江に運んで置き去りにしたとしか、考えられないんですよ。そしてヒグマにやられた。この町の一角に、ずらりと、私営の遊覧船の店が並んでいるんですが、ご存じですか？」

「そこに、昨日、いってきましたよ」

「ずらりと並んだ店のなかに、知床ジェットという名前の店があるんですよ」

「確かに、そんな名前の、店の看板を、見た覚えがあります」

「そこに、五十嵐《いがらし》京子《きょうこ》という女性が、働いていましてね。三カ月ほど前に東京からやってきて、その店で、働くようになったんです。年齢は、三十歳ちょうどということでしたが、なかなかの、美人でした。そこには、店の名前のように、ジェット推進の、高速のボートがありましてね。料金は、ほかより、少し高いのですが、海が多少荒れていても、ボートを出してくれるので、観光客には人気がある、そういう店でした。その店で働いていた、五十嵐京子が、突然、姿を消してしまいましてね。その店のオーナーなどの話を総合しますと、失踪した、五十嵐京子が、店のボートに、三浦亜紀さんを乗せて、ボコイの入江まで、運んでいき、そこに置き去りにして、帰ってきてしまったらしいのです」

「しかし、なぜ、五十嵐京子という女性が、そんな真似をしたんですか？」

「お金のためですよ。三浦亜紀さんは、大金を持って、知床に、やってきたと思われるのです。その金額は、五百万円とも、一千万円ともいわれているんですが、正確なところは、わかりません。三浦亜紀さんは、そのお金を元手にして、この知床で、お店を持ちたいと考えたようですよ。喫茶店とか、土産物店とか、あるいは、遊覧船の店を、です。五十嵐京子は、その大金を、手に入れようとしたんでしょうね。三浦亜紀さんをうまく騙して、高速ボートで、ボコイの入江に、運んでいって、置き去りにして帰ってきて、大金を奪って、姿を消してしまった。どうもこれが、真相のようです。五十嵐京子にしてみれば、目的は、三浦亜紀さんのお金ですから、彼女が死ぬとは、思っていなかったんじゃないかな。ところが、今もいったように、五月になると、よく、ヒグマが、出没するんですよ。ヒグマに、狙われたら、人間なんか、ひとたまりも、ありません。ヒグマは、日本で、一番大きな熊で、オスで、体重が、百五十キロから三百キロ。メスでも、百キロから、百三十キロあります。特に、腕の力が、ものすごいですからね。立ちあがって、その腕で殴られたら、顔なんか、簡単に、吹き飛んでしまいます。三浦亜紀さんも、間違いなく、ヒグマに襲われたんです。あの小さな入江で、ヒグマに襲われたら、逃げようがありません」

坂本が、いった。

「ボコイの入江ですか？」

「そうです。ボコイというのは、アイヌ語で、それに、漢字を当てはめましてね、母恋と書いて、ボコイと、読ませるんです。同じような地名が、室蘭《むろらん》にも、あります。母恋という字を、使っていると、母の日なんかには、観光客が、押し寄せてくる。それを狙って、ボコイ、母恋という名前を、つけたんですが、知床のボコイは、今もいったように危険な場所です」

「番小屋があったといいましたね？」

「ええ、小さな番小屋が、あります。さっきいったおばあさんは、そこに、寝泊まりしていたんです」

「なぜ、三浦亜紀さんは、番小屋に、逃げこまなかったんでしょうか？」

「番小屋も、ばらばらに、壊されていました。壊したのも、同じヒグマだと、思いますね」

「おばあさんは、毎年、その入江で、昆布の採取を、やっていたのに、どうして、ヒグマに、襲われなかったんですか？」

「地元の人ですからね。ヒグマの怖さを、しっているし、どうすれば、ヒグマに襲われずにすむかもしっていたんですよ」

けませんか」

「三浦亜紀さんが、どうして、殺されることになったのか。それを教えていただけませんか」

「三浦亜紀さんは、知床へきて、初めて、ヒグマに出会ったんじゃないですかね。だから、どうしたらいいか、わからなかった。ヒグマに襲われて、慌てて、逃げたんだと思いますね。でも、逃げるのが一番、危ないんです」

「三浦亜紀さんのご遺族へは、なぜ、連絡がいってないんですか」

「そうですね。三浦亜紀さんが、一カ月前に『知床グランドホテル』に、チェックインしたのは、わかっているんです。しかし、なぜか、東京の住所は書いていませんでした。こちらで調べたところ、仙台《せんだい》の住所を、書いていました。それで、事件が起きたあとも、東京のご両親に、連絡が、取れなかったんです」

「五十嵐京子という女性と、何がきっかけで親しくなったんですか？」

「三浦亜紀さんは、大金を持って、この知床にきて、店を出したいと、思っていたようです。それで、ホテルにチェックインすると、町へ出て、場所はどこで、どんな店を出したらいいのか、自分の目で、確かめていたんじゃないでしょうか？　そんな時に、たまたま遊覧船の店、あの知床ジェットに、寄ったんだと思います。そこには、五十嵐京子がいた。三浦亜紀さんにしてみれば、先輩ですよ。それに、同性だから、五十嵐京子から、いろいろと、話をきこうとしたんじゃないですか。この、ウトロの町が、暮らしやすいか。どんな種類の店を出したらいいか。そんなことを、五十嵐京子に、相談したんだと、思いますが、そんな話のなかから五十嵐京子は、三浦亜紀さんが、大金を持っていることを嗅《か》ぎつけたんでしょうね」

「その金を、五十嵐京子に、狙われた。そういうことですか？」

「私は、そう考えています」

「道警本部は、この事件を調べて、失踪した五十嵐京子を、追っているわけですか？」

「いや。私には、五十嵐京子を、追っているようには、思えませんね」

坂本は、肩をすくめた。

「どうしてですか？」

「私は、大金を狙って、五十嵐京子が、三浦亜紀さんを、ボコイの入江に、置き去りにして、お金を奪って逃げたと、見ていますが、証拠はないんです。それに、三浦亜紀さんは、ヒグマに、襲われて死んでいますからね。犯人は、ヒグマですから、殺人事件としての捜査もできない」

「なるほど」

「三浦亜紀さんが、ヒグマに狙われるのを予期して、五十嵐京子が、あの入江に置き去りにしたことを証明するのは難しい。また、道警は、それを証明する気もないらしいんです。そのことに、腹が立ちましてね。何とか、私が、個人的に、できる範囲で、この事件を、調べてみたい。そう思って、一週間前に、警察をやめたんです」

「五十嵐京子の行方は、摑めそうですか？」

「まず、彼女が働いていた知床ジェットにいき、履歴書を見せてもらいました。履歴書にあった住所は、東京でした」

坂本は、自分の持っていた手帳を広げて、橋本に、見せてくれた。

五十嵐京子、三十歳。東京都中野区本町《なかのくほんちょう》×丁目×番地とあった。

「この住所に、照会したわけですか？」

「ええ、照会してみましたけどね。五十嵐京子の両親は、すでに亡くなっていて、この住所には、家もないんです」

坂本はポケットから、さらに一枚の写真を取り出して、橋本と、朝食をすませて加わった、田中ゆかりに、見せてくれた。

女性の写真である。

「これが、五十嵐京子です」

「なかなかの美人ですね」

「美人ですが、どうも、性根は腐っていたらしい。三浦亜紀さんの大金を狙って、こんな事件を、起こしているんですから」

「五十嵐京子の行き先ですが、結局、わからなかったんですか？」

「それが、まったく、見こみがついていません。今もいったように、東京の両親は、すでに、亡くなってしまっていますからね。それに、三浦亜紀さんが、いくら、東京から持ってきたのか、正確な金額もわかりません」

「一千万円です。彼女は、九年間、M商事に勤めて、給料とボーナスを、こつこつと貯めていたんですね。それが一千万円になっていた。それを銀行からおろして、現金で一千万円持って、この、知床にきたと、思われるんです」

「一千万円ですか。それだけの額ならば、充分に動機になりますね」

「三浦亜紀さんが、ヒグマに襲われて、死んだとすると、五十嵐京子には、殺人罪は適用できませんね」

「そうなんですよ。それで、道警も、熱意がないんです」

橋本は、念のために、五十嵐京子の写真を、坂本から、譲り受けることにした。

6

橋本は、すぐには、東京の三浦夫妻に、娘、亜紀のことを、電話でしらせることができなかった。それに、両親に、質問された時、それに、答えるだけの情報もなかったのだ。

翌日、朝食をすませると、橋本は、ゆかりと一緒に、三浦亜紀が、知床で、最初に泊まった〈知床グランドホテル〉を、もう一度訪ね、彼女が、チェックインした時の様子をきいた。

「今から一カ月ほど前でしたね。仙台から観光にやってきたといって、三浦亜紀さんが、うちへチェックインされたんですよ。宿泊カードの真偽は調べませんでした」

「どうしてですか?」

「その時、三浦亜紀さんが、前金で、宿泊代全額を、支払われましたので、信用したんです」

「ここには、何日間、泊まったんですか？」

「二週間ほどお泊まりでした。その後、あの事件が起きてしまいましてね」

「ここに泊まっている間、三浦亜紀さんを、誰かが、訪ねてきたことは、ありませんでしたか？」

「いや、ありません。毎日、朝食のあと、外出されていましたよ」

「三浦亜紀さんと、話をしたことはありませんか？」

「もちろん、二週間もいらっしゃったんだから、話をしたことはありますよ」

「どんな話をしたんですか？」

「三浦亜紀さんは、こんなことを、いっていましたね。この知床で、何か自分の店を持ちたい。それで、町の様子や、どんな物件があるのかを調べている。確か、そんなことを、おっしゃっていましたね」

「三浦さんが、ボコイという入江で、ヒグマに襲われて死んでいたことには、びっくりしたでしょう？」

「ええ、もちろん。確か、今年になって最初のヒグマによる犠牲者だと思いますね。警察の人にきいたら、死体は、目を背《そむ》けるようなものだったそうです。オスの大きなヒグマだと、その腕の力は、一トンくらいあるだろうという人もいるくらいですからね。あれで、顔を殴られたら、顔の半分は、失くなってしまいますよ」

「一昨日は、私に、嘘をつきましたね」

「ええ。あなたが、警察の方ではないし、ヒグマに襲われて死んだことが、噂で広がると、お客がこなくなりますから。しってしまわれたのであれば、正直に、話しますよ」

「知床ジェットという、遊覧船の店をしっていますね?」

「もちろんしっていますよ。小さい町ですから、たいていのことは、耳に入ってくるんです」

「この町では、新しい店だと、きいたんですが」

「知床ジェットのオーナーは、佐々木《ささき》という人で、二年くらい前に、東京からやってきて、あの店を持ったときいています」

「評判は、どうですか?」

「あの店は、強力なジェットエンジンをつけたボートを持っていましてね。少しばかり、海が荒れていて、町営や、あるいは、ほかの店の船が、欠航になっても、あの知床ジェットだけは、ボートを出してくれるというので、観光客には、なかなか、人気があるんです」

「これから、その店へいってみよう」

橋本は、田中ゆかりに、いった。

二人は、問題の、知床ジェットという店に、出かけた。

ずらりと並んだ遊覧船の店は、どこも、同じような造りになっている。この店も小さな喫茶スペースがあって、そこで、観光船に、乗るかどうかの話をするらしい。

橋本とゆかりの二人が、店に入っていくと、三十代後半という感じの、オーナーが出てきた。

〈知床グランドホテル〉のフロント係の話では、佐々木という名前らしい。

「ちょっと、お伺いしたいことがありましてね」

と、橋本が、いうと、佐々木が、

「まあ、お座りください」

と、いったあと、奥に向かって、

「おい、お客さんだ。俺の分も含めて、コーヒー三つ!」

と、怒鳴った。

坊主頭の、やや、小柄の男が、コーヒーを三つ、運んできて、テーブルの上に置いた。

佐々木は、自分のコーヒーを、口に運んでから、

「そこに、書いてあるとおり、うちのボートは、午前と午後、二回ずつ、出しますから、これから、お乗りになるのなら、午前十時三十分になりますね」

「いや、申しわけないが、私たちは、船に乗るために、ここに、きたんじゃありません。ここの店には、以前、五十嵐京子という人が、働いていたんじゃありませんか？　その女性のことをおききしたくてきたのです」

「ええ、うちにいました」

「彼女が、今どこにいるか、わかりますか？」

「それが、突然、やめてしまいましてね。家に帰ったと思っているんですが、よく、わからないんですよ」

「五十嵐京子さんのことを、探さないんですか？」

と、ゆかりが、きいた。

佐々木は、笑って、

「どうして、探すんですか？　勝手に、やめてしまった人間なんですよ。住みこみで働いていたんで、二階に、寝泊まりしていたんだけど、これといった持ち物も、残っていませんしね。もし、連絡してきたら、その持ち物の始末をどうするか、きこうと思っているんですが、いなくなってから、今日まで、連絡はまったくありませんね」

「もう一つ、お伺いしたいのですが、二週間前、三浦亜紀という人が、ボコイという小さな入江で、ヒグマに、襲われて死んだときいたんですが、本当ですか？　何でも、彼女が、その小さな入江にいく際には、この店のボートが使われたという噂をきいたんですが」

橋本がきくと、佐々木は、小さくため息をついて、

「それで、弱っているんですよ。まるで、うちが、その三浦亜紀という人を、殺したかのようなことを、あちこちで、いわれましてね」

「この店の、強力なジェット推進のボートが、使われたことは、間違いないんですか？」

「とんでもない。そんな噂があるのは、しっていますよ。しかし、証拠はないんですよ。うちのボートは、推進力が強力だから、海が荒れていて、ほかの店が、

欠航していても、海に、出せるんです。それが、やっかみになって、今回の事件に、まるで、うちのボートが、関係しているようなことを、いっているんですよ」

「ここにくる前に、坂本さんからも、いろいろと、話をききましてね」

「坂本さんですか？」

「ええ、以前、この町の、駐在所で働いていた、おまわりさんですよ」

「ああ、あの坂本さんね」

「その坂本さんがいうには、この店にいた、五十嵐京子が、三浦亜紀さんを、ボートに乗せて、ボコイの入江に、置き去りにした。そのために、三浦亜紀さんは、ヒグマに、襲われて命を落としてしまった。五十嵐京子は、どこかに逃げてしまった。そういう話を、きいたんですけどね」

「そうですか、坂本さんが、そんなことを、話したんですか」

「この話は、間違っていますか？」

「あの元巡査は、この事件が起きてからずっと、調べていました。そういう人だから、彼の話は、間違いないと、思いますね。『斜里《しゃり》日報』という新聞があるんですけど、そこに、載ったニュースも、坂本さんが、調べたとおりのことを書いていましたからね。間違いないと思いますよ。ただし、うちのボートを使ったというのは、正確ではないですよ」

「ご主人は、三浦亜紀さんに、会ったことがあるんですか？」

「俺は、話をしたことはないけど、いなくなった五十嵐京子と、ここで、コーヒーを飲みながら、よく、話をしていましたよ。何か、相談して、いたんじゃないかな」

と、佐々木が、いった。

「三浦亜紀さんが、大金を、持っていたことは、ご存じですか？」

「いや、しりませんでしたね。今もいったように、三浦亜紀さんは、私ではなくて、いなくなった、五十嵐京子と、いつも、話をしていましたから」

「その時に、五十嵐京子は、三浦亜紀さんの持っている大金に目をつけて、まず、自分を、追いかけてこられないように、ここのボートを使って、ボコイの入江に置き去りにし、三浦亜紀さんの大金を奪って逃げた。これも、坂本さんの話ですが、間違いありませんかね？」

「坂本さんの言葉なら、間違いないんじゃありませんかね？　しかし、うちのボートを使ったというのは、正確には、五十嵐京子が、勝手にやったことですよ」

7

橋本と、田中ゆかりは、佐々木に礼をいって店を出ると、近くの、喫茶店に、入った。

ちょうど、お腹が空《す》いてきたので、モーニングサービスの、コーヒーとトーストを注文してから、橋本は、元の上司、警視庁捜査一課の十津川に、電話をかけた。

橋本は、今回の調査依頼について、簡単に説明したあと、

「何とかして、一千万円を、持ち逃げした五十嵐京子という女を、探し出したいんですが、協力していただけませんか？　警部が、私にとっては、最後の切り札なんです」

「その女の、顔写真や年齢、背格好などを書いて、送ってくれないかね？　それから、東京の人間だとすると、両親が、東京に住んでいるのか？」

「それがですね、両親は、すでに亡くなっていて、家も残っていません」

と、橋本は、いった。

「亡くなった三浦亜紀の、両親のためにも、何とかして、一千万円を、取り返してやりたいんですよ」

「わかった。こちらで、事件が起きない限り、探してやるよ。が、あまり、期待しないでほしい」

と、十津川が、いった。

橋本は、五十嵐京子の写真の裏に、知床ジェットのオーナー、佐々木にきいた五十嵐京子の背格好や、癖などを書いて、警視庁の十津川に、送った。

そのあとに、橋本には、辛い仕事が、待っていた。

東京の三浦夫妻に、娘の三浦亜紀が死んだことを、告げなければならない仕事である。

三浦夫妻は、最初、娘の死が、信じられない様子だったが、橋本が、重ねて、説明していると、

「でも、娘が死んだ時、どうして、こちらに連絡してくださらなかったんでしょうか？」

「亜紀さんは、知床で、ホテルに泊まる時に、東京の住所ではなくて、仙台の住所を、書いているんですよ」

「仙台ですか？」

「仙台に、親戚《しんせき》がいらっしゃいますか？」

「遠い親戚が、仙台に住んでいます。おそらく、娘は、その住所を、参考にして使ったんじゃないでしょうか？」

と母親はいってから、

「それで、今、娘の遺体は、どうなっているんでしょうか？」

「素朴な土地柄なんでしょうか、茶毘《だび》に付されて、遺骨は、この町の駐在所で、預かっているそうです」

「わかりました。明日、そちらに参ります」

と、母親が、気丈《きじょう》にも、いった。

翌日の昼すぎに、母親の三浦富美子が、ひとりでやってきた。

父親の三浦誠一は、ショックで、寝こんでしまったのだという。

橋本は、富美子を、駐在所に連れていった。そこには、遺骨が、骨壺に入り、風呂敷に、包まれて安置されていた。

「娘が、亡くなった場所を、見たいんですけど、どうしたらいいでしょうか？」

と、富美子が、きく。

駐在所に新しく赴任してきた青木《あおき》という巡査は、肩の荷をひとつおろした、といった表情で、知床半島の地図を持ち出して、それを、机の上に広げてから、

「ここが、ボコイの入江です。母恋しいと書きます。ここで、娘さんは、亡くなっていました」

「ぜひ、そこに、連れていってください」

「そう、簡単にいいますが、娘さんは、ここで、ヒグマに、襲われて亡くなったんですよ。五月に入ると、ヒグマの行動が活発になって、危険なんです」

「でも、私は、娘が、亡くなった場所を見たいんです」

「わかりました。私が、拳銃を持って、同行しましょう」

青木巡査が、いった。

知床ジェットの、高速ボートに、橋本と、秘書のゆかり、駐在所の青木巡査、三浦富美子、そして、佐々木も乗りこんで、ウトロの港を、出発した。

二時間も走ると、問題の小さな入江が見えてきた。

知床ジェットのオーナー、佐々木が、ボートを、慎重に、入江に近づけていった。

橋本たちは、ボートから、降りた。

青木巡査が、佐々木に、向かって、

「船を、ここに、停めておいてくれ。一時間以内に、帰ることになるから」

と、いった。

そこは、砂浜ではなかった。小石だらけの入江である。

奥にあった番小屋は、見るも無惨に、壊されてしまっている。

「三浦亜紀さんが、死んでいたのは、このあたりですよ」

青木巡査が、富美子に、指し示した。

「血痕は、ありませんね」

と、橋本が、いうと、

「あれから、三回ほど、雨が降りましたからね。それで、流されてしまいました」

小石だらけの浜には、流れ着いた昆布が、大きな固まりになっている。

母親の富美子は、用意してきた花束を、小さな浜に、そっと置いた。その後、帰ることになった。

全員がもう一度、ボートに乗って、ウトロの港へ、帰った。

この日、ウトロのホテルに泊まるという、富美子に向かって、橋本は、

「これからは、亜紀さんを、あの浜の入江に置き去りにして、一千万円を奪って逃げた五十嵐京子を探しますよ。料金は、要りません。何とか探し出して、一千万を取り返します」

と、約束した。

しかし、その五十嵐京子が、どこに逃げたかも、わからない。どこを、探したら見つかるのかも、橋本には、まったくわからなかった。

橋本と、田中ゆかりは〈知床第一ホテル〉に、戻った。

ロビーで、一休みして、

「今日は疲れたろう？」

と、橋本が声をかけると、ゆかりは、

「疲れたけど、それにしても、あの人、ちょっとおかしくありません？」

「あの人って？」

「知床ジェットのオーナーの佐々木さん」

「どんなふうに、おかしかったんだ？」

「彼の操縦するボートで、あの入江に、いきましたよね？　私たちは全員上陸して、亜紀さんがヒグマに襲われた現場を、見て回った。その間、佐々木さんは、ボートに、残っていました」

「ああ、そうだ。ボートが流されたら困るからね」

「気がついたら、彼は、上陸した私たちのことを、執拗《しつよう》に、監視するように、見ていたんですよ。ずーっと」

「それのどこが、おかしいんだ？」

「おかしいわ。どうして、私たちを監視する必要があるんですか？　そんなことしたって、しょうがないじゃないですか？　三浦亜紀さんは、ヒグマに襲われて、死んでしまっているし、彼女の一千万円は、五十嵐京子が、持って逃げてしまったんだから」

「考えすぎじゃないのか？」

「帰りのボートのなかで、私ね、彼に、小声で、どうして、ずーっと、監視するように、私たちのことを、見てたんですかって、きいたんですよ」

「そうしたら？」

「あの男、ずーっと、見てなんかいませんよって、そういったの」

「確かに、おかしいな」

「ええ、おかしいんですよ」

8

橋本と田中ゆかりの二人は、あと何日か、知床にいることにした。何とかして、五十嵐京子の消息を、摑みたかったし、佐々木の、おかしな行動の意味も、しりたかったからである。

次の日、三浦富美子は、娘の遺骨を抱いて、東京に、帰っていった。

同じ日、警視庁の十津川から、橋本に、電話が入った。

「五十嵐京子について、いろいろとわかったよ」

と、十津川が、いった。

「どんな女性でした？」

「両親が、すでに死んでしまったといっても、東京に住所があったんだ。となれば、五十嵐京子は、小学校、中学校、高校、あるいは大学と、東京都内の、学校を出ただろうと考えて、調べていったら、五十嵐京子という名前が、中野にあるG高校の、卒業生名簿に、載っていた。年齢的にも合っているから、間違いなく、中野の高校を卒業したんだ。大学はR大学の文学部だということが、わかった。大学時代、ミスキャンパスになっている」

「ミスキャンパスですか。確かに、写真で見る限り、彼女は、美人ですからね」

と、橋本は、いった。

「それから、五十嵐京子は、佐々木宏《ひろし》と親しかった」

「そのことは、もう、わかっているんです。佐々木のやっていた、知床ジェットの店に、東京からやってきた、五十嵐京子が、雇われたんですから」

「いや、そうじゃなくて、東京にいた時から、二人は知り合いなんだ」

「本当ですか？」

「知床にいく前、佐々木宏は、東京のオフィス街で、喫茶店を、やっていた。五十嵐京子は、その店で、働いていたんだ」

「何年くらいですか？」

「二年間ほどらしいよ。その後、佐々木宏は、東京を引き払って、北海道の知床にいき、五十嵐京子も、彼を追って、北海道にいっている。これが、今から三カ月前だ」

「そんな関係だったんですか」

「もう一つ、面白いことがある」

「どんなことですか？」

「佐々木宏が、やっていた喫茶店の入っていたビルの、隣のビルに、三浦亜紀が、九年間働いていたM商事の本社があるんだ」

「間違い、ありませんか？」

「ああ、間違いないよ。だから、三浦亜紀が、佐々木の喫茶店に、コーヒーを、飲みにいったことが、あるかもしれない。もしそうなら、その頃から、三浦亜紀は、佐々木宏とも、五十嵐京子とも、知り合いだった可能性が、あるんだ」

「そうですか。何だか、妙な具合になってきました」

橋本が、いった。

橋本の頭に、ひらめいたのは、二年前、三浦亜紀が、会社に、休暇をもらい、一週間、どこかに、旅行にいっていたという、母親、富美子の言葉だった。

両親に、行き先を教えなかった、その旅行は、ひょっとすると、知床に、いったのではないか？

それも、観光ではなく、佐々木宏を、追いかけて、いったのではないだろうか？

三浦亜紀は、M商事に、勤めていた。昼休みか、あるいは、会社の帰りに、隣のビルにある、佐々木の喫茶店に、コーヒーを飲みにいっていたのではないのだろうか？

そこで佐々木に会い、その店で、働いている五十嵐京子とも、知り合いになった。

今でも、佐々木宏は、なかなかの、美男子である。

東京で、喫茶店をやっていた頃は、もっと、若かったから、今よりもさらに輝いていただろう。

コーヒーを飲みに通っている間に、三浦亜紀が、佐々木に惚れてしまったということは、大いにあるかも、しれない。

もちろん、その店で、働いていた、五十嵐京子に、敵《かな》うはずがない。なにしろ、五十嵐京子は、大学時代ミスキャンパスに選ばれたというほどの美人だったし、三浦亜紀のほうは、地味で、派手なところが、まったくない女だ。

男も、そんな女に、興味を持つとは、考えられないが、三浦亜紀のほうが、一方的に熱をあげたということは、大いに、考えられる。

その時は失恋した。

しかし、今度は、一千万円という、武器がある。三浦亜紀は、その武器を持って、知床に出かけた。その一千万円が、今回の事件に、どう関係しているのだろうか？

（問題は、佐々木宏のほうだな）

と、橋本は、思った。

もし、佐々木が、金に困っていたら、三浦亜紀の持ってきた一千万円は、喉から手が出るほど、ほしかったに、違いない。

橋本は、ゆかりに、向かって、

「私は、銀行関係を回って、佐々木がやっている店、知床ジェットの経営状態を調べてくる。その間、君は、佐々木に、気づかれないように、同業者などに、きいて回って、最近、あの店が、金に困っていなかったかどうか、借金をしていなかったかどうか、調べてほしいんだ」

と頼んだ。

銀行は、私立探偵に、知床ジェットへいくら融資しているか、教えてくれはしない。

そこで、警視庁の十津川に、電話をして、話をつけてもらった。その結果、どこの銀行、信金に、金を借りているかがわかった。

二年前、佐々木は、あの店を始める時、銀行から五百万円借りている。

最初は、うまくいっていたが、無理をして、佐々木が、ジェット推進の高速ボートを、購入してから経営が苦しくなったとわかった。

橋本は、ホテルに帰ると、聞き込みから帰ったゆかりの話もきいた。

「佐々木宏ですけど、ほかの店にはないような、高速ボートを買いこんで、遊覧観光の商売を、やっているけれど、内情は、かなり厳しいらしいですよ。佐々木宏という男は、見栄《みえ》っ張りで、人の意見も無視して、自分勝手にやっていて、一見、華やかに見えるけれども、内情は苦しいんじゃないかと、同業者はみんな、口を揃えていっています」

と、ゆかりが、いった。

「私の調べでも、数百万円の借金があったらしい」

「そこへ、一千万円の現金を持って、三浦亜紀さんがきたことになるんでしょう？」

「そうなると、どうなるのか？」

「そうなれば、佐々木宏は、その一千万円の現金が、ほしかったに違いないわ」

と、ゆかりが、いった。

「そうだろうね」

「だから、三浦亜紀さんを、ヒグマに殺させて、彼女の持っていた、一千万円を奪い取った。これが、今度の事件の真相じゃありませんか？」

「そうなると、五十嵐京子は、どうして、姿を消したんだ？」

「それは、三浦亜紀さんを殺して、佐々木宏が、五十嵐京子と二人で、一千万円を、手に入れた。その後、二人が喧嘩になって、佐々木が、五十嵐京子を、殺してしまったんじゃないかしら。あるいは、彼女が、持ち逃げしたか」

「とにかく、三浦亜紀が、ヒグマに殺されてしまって、大事件になった。そんな時に、佐々木宏が、簡単には、五十嵐京子を殺せないだろう。何しろ、東京にいた頃からのつき合いだからね」

「それはそうですけど」

「もう一度、考え直してみよう」

と、橋本が、いった。

「三浦亜紀は、M商事にいた頃、佐々木宏のやっている喫茶店に、いくようになった。ハンサムで如才《じよさい》のない佐々木宏に、三浦亜紀は、惚れた。しかし、佐々木のそばには、華やかで、美人の五十嵐京子がいて、とても、敵わないと、三浦亜紀は、諦めていた。たぶん、二年前、休暇をとって、知床に、佐々木宏を追いかけていったが、想いを、うまく、遂げることは、できなかった。だが、どうしても、佐々木のことが、諦められない。そこで、九年間、勤めたM商事をやめ、貯めた一千万円の現金を持って、再度、知床へ、いった。金に困っている佐々木宏に向かって、私は、一千万円の現金を、持っている。もし、一緒に、なってくれれば、その、一千万円を、あなたにあげるとでも、亜紀は、いったんじゃないかな？」

「佐々木宏は、三十八歳です。まもなく四十歳。その歳になると、女よりも、金がほしくなるんじゃないですか？」

「佐々木は、五十嵐京子よりも、一千万円を持つ三浦亜紀を、選んだということか。しかし、それからどうなったんだ？　一千万円の現金を手にして、勝負に出た、三浦亜紀は、あの小さな入江で、ヒグマに、襲われて死んでしまっているんだ」

「そこが、事実とは、違うんじゃないでしょうか？」

と、ゆかりは、いった。

「どんなふうにだ？」

「殺されたのは、五十嵐京子のほうだったんじゃありませんか？　ヒグマに襲われて、顔が、削り取られてしまった。見るも無惨な、死体なので、三浦亜紀ということにして、さっさと、茶毘に付してしまった。それをやったのは、三浦亜紀かも、しれませんし、佐々木宏かも、しれません。佐々木宏は、一千万円の現金を手に入れ、三浦亜紀は、佐々木を手に入れたんですよ。だから、五十嵐京子が、どこかに、消えてしまったんですよ」

「それなら、三浦亜紀は、どうしたんだ？　どこに、いるんだ？」

　橋本は、いったあとで、

「あ！」

　と、小さな声をあげた。

「あの店には、坊主頭の、ちょっと小柄な男がいたな」

「そうですよ。あれが、三浦亜紀なんですよ」

　ゆかりが、大きな声を出した。

9

橋本の推理は、あくまでも、推理でしかない。

それに、橋本は、私立探偵で刑事ではない。

強制的に、佐々木宏の店を家宅捜索し、坊主頭の男を、尋問するわけにも、いかなかった。

その上、北海道警は、三浦亜紀は、ヒグマに襲われて死亡した、と判断しているらしいから、その北海道警に対して、それは違いますと、一民間人の橋本が、いうことはできなかった。

「どうしたらいいかな?」

橋本がいうと、田中ゆかりは、

「まさか、あの店に押しかけていって、坊主頭の男の人を、裸にして、身体検査を、するわけにもいかないでしょうね」

「当たり前だ」

「それなら、あの、元おまわりさんに、相談してみたらどうですか。坂本清さんでしたっけ、あの人は、今回の事件を、ずっと見てきた人だし、今は、警察をやめて、民間人になっているから、気安く、相談に乗ってくれると思いますけど」

名刺を、もらっていたので、橋本はすぐ、電話で連絡をとった。

坂本は、その日の夜、ホテルにきてくれた。

ロビーでコーヒーを飲みながら、橋本は、やや興奮気味に、自分の推理を、坂本に話した。

きき終わると、坂本は、微笑した。

「橋本さんも、やはり、そんなことを、考えましたか？」

「じゃあ、坂本さんも、私たちに、賛成ですか？」

「いや、橋本さんも、ですかといったのは、私も、まったく、同じことを、考えた時があるからなんですよ」

「それで、どうなったんですか？」

橋本が、きいた。

「あの坊主頭の男に、はっきりと、君は女じゃないのかと、いったんです。違うというので、では、証拠を見せろといったら、あの男に、もし、間違っていたら、あなたは責任を取るのかといわれたので、取るといってしまったんです。そうしたら、さっと上半身裸になりましてね、一緒に、お風呂に入りませんかと、笑われてしまった。私も約束した手前、長年働いていた警察を、やめることになってしまったんです。これが、真相です。いわないでくださいよ」

と、いって、坂本が、笑った。

「それで、あの男の名前は、何というんですか？」

と、ゆかりが、きいた。

「あの店の主人は、てっちゃんと呼んでいますね。確か、本名は、鈴木哲男《すずきてつお》という名前らしいんですが」

「どういう、経歴なんですか？」

「それがですね、話をきくと、何だか、可哀相になりますよ。あの歳まで、幸せだと思ったことは、一度もなかった。そんなことをいうんですよ。どうやら、赤ん坊の時に、両親に捨てられて、孤児として、育ったらしいですよ」

「それで、そのてっちゃんなんですが、今は、幸福なんでしょうか？」

橋本が、きいた。

「どうでしょうね。佐々木という、あの店の主人は、気が短いですからね。

時々、殴られていますよ。それでも、よく、我慢していると思いますよ。たぶん、殴られても、今までの、孤独な人生に比べたら、幸福だと思っているのかも、しれません」

と、坂本が、いった。

坂本の言葉で、一応、橋本の、疑問は消えたのだが、何となくまだ、疑問を引きずっているような気がしていた。

「そろそろ、われわれも、東京に、帰ったほうがいいかな？」

橋本が、いうと、ゆかりが、

「でも、まだ完全に、疑問が消えたわけじゃないんでしょう？」

「そうなんだ」

「それなら、東京へ帰る前に、もう一度、あの店へいって、てっちゃんに会ってみたらどうなんです？」

と、ゆかりが、いった。

翌朝、橋本とゆかりは、ホテルのフロントで、チェックアウトの手続きをしたあと、もう一度、知床ジェットの店にいってみることにした。

店を覗くと、肝心の、てっちゃんの姿は、なかった。

店のなかの、喫茶スペースに入り、オーナーの佐々木に、コーヒーを二つ、頼んだ。

「てっちゃんは、どうしたんですか?」

橋本がきくと、

「今、使いにやっています。もうすぐ、帰ってくると思いますよ」

と、佐々木が、いった。

二人が、コーヒーを飲んでいる間に、てっちゃんが、戻ってきた。

てっちゃんは、佐々木に、集金したお金を渡している。その顔の、右の目のあたりが、蒼くなっている。

「その目、どうしたの? 誰かに、殴られたの?」

と、ゆかりが、きく。

「いや、寝ぼけて、起きる時に、ぶつけたんですよ」

てっちゃんが、恥ずかしそうな顔で、いう。

「ちょっとここに座ってみて。見てあげるから」

ゆかりが強引に、てっちゃんを椅子に座らせて、右目の痣《あざ》を、見ていると、オーナーの佐々木が、奥から、

「おい、こっちへこい！」

と、怒鳴った。

佐々木は、てっちゃんを、奥へ連れていって、

「今、集金してきた金だが、千円足りないぞ！」

と、大声で、いっている。

「ご、ごめんなさい」

「ちゃらちゃらしているから、いつも、間違えるんだ」

「本当に、間違っているんですか？」

と、てっちゃんが、いった時、

「俺に逆《さか》らうんじゃない！」

と、いいざま、いきなり、佐々木が、てっちゃんを、蹴り飛ばした。

男にしては小柄なてっちゃんの体が、壁のところまで、飛んでいった。

「やめなさいよ！」

と、ゆかりが、叫んだ。

それに、逆らうように、佐々木が、

「こいつは、殴らないと、わからない奴なんですよ」

と、いい、起きあがったてっちゃんのほうも、

「僕が悪いんですよ。すいません」

と、誰にともなく、謝っている。

その時、元巡査の坂本が、店に入ってきた。

坂本の顔色が、最初から、蒼ざめている。そのまま、ずかずかと、佐々木の前にいくと、

「また、殴ったようだな?」

坂本は、佐々木を、睨んで、いった。

「ああ、あいつは、俺のいうことを、きかないからな」

「それだけのことで、殴るのか?」

「あんたはもう、おまわりじゃないんだよ。それに、こいつは、店の使用人なんだ。殴って、どこが悪い」

「いつからお前に、そんな、権利があるんだ? 俺は、全部しっているぞ。お前には、何の権利もないんだ、このクソヤロー!」

今度は、坂本が、いきなり、佐々木を殴りつけた。

「やめてください!」

と、てっちゃんが、叫んだ。

ゆかりが、橋本を見て、

「止めないと――」

それに対して、橋本は、別の言葉を、口にした。

「今の声、あれは女だ！」

と、叫んだのである。

「え、女の声？」

ゆかりが、目を剝いた。

その時、てっちゃんが、突然、店を飛び出していった。

一瞬、店にいた全員が、呆然と、それを、見送っている。最初に反応したのは、坂本だった。

「てっちゃんを、捕まえてくれ！」

と、怒鳴ったのである。

佐々木は、椅子に、腰をおろして、ふてくされた顔で、動こうとしない。

「どうなってしまったんですか？」

橋本が、坂本に、きいた。

「早く見つけないと、自殺する恐れが、あるんだ」

「なぜ、自殺するんですか？」

「そんなこと、わかっているでしょう」

坂本も、店を飛び出していった。

10

狭い町なのに、昼をすぎ、暗くなっても、てっちゃんは、見つからなかった。

翌朝、港の外で、知床ジェットのボートが、発見された。

さらに、二十四時間して、沖合いで、水死体が見つかった。それはもちろん、てっちゃんではなくて、三浦亜紀の、水死体だった。

死体に、外傷はなかった。薬ものんでいない。道警は、司法解剖の結果、事故死か自殺と発表した。

滞在を延ばして、知床に残っていた橋本に、坂本元巡査から、電話が入った。

「あなたたちに、本当のことを、話したいんだ」

「僕も、本当のことをしりたいですよ。東京の三浦亜紀の両親に、事実を伝える義務がありますから」

「それなら、一時間後に、港に、きてくれますか？」

坂本が、いった。

橋本と、ゆかりが、観光船の出る港にいくと、坂本は、突堤に腰をおろしていた。

橋本たちも、坂本の隣に、並んで、腰をおろした。

今日は、港のなかも沖も凪《な》いでいて、眠くなるような暖かさだった。

坂本は、橋本を、呼んでおいたのに、すぐには、話し出さなかった。

橋本も、催促はせず、黙って、沖合いに目をやっていた。

「二年前、佐々木が、東京から、この町に、やってきたんです」

坂本は、ゆっくりと、喋りだした。

「佐々木は、知床ジェットという、観光船の店を始めました。三カ月前に、やってきたのが、五十嵐京子です。店のオーナーと従業員と、いっていましたが、誰もそんなことは、信じませんでした。どう見たって、男と女の関係でしたからね。佐々木も、最初の頃は、店も繁盛して、結構、うまくやっていました。ところが、そのうちに、佐々木が、ほかの店に、負けまいとして、高速ボートを購入したのです。その頃から、あの店が、危なくなってきました。銀行が、追加融資を断ったんです。それで、どうやら、サラ金に、手を出したらしい。オーナーの佐々木が、いつも、金がほしい、金がほしいといっているのを、よく覚えていますよ。そんな時、三浦亜紀がひとりで、知床にやってきたんですよ。最初は、ホテルに、泊まって、毎日、昼頃になると、あの店に現れて、喫茶スペースで、トーストか、ケーキを食べて、コーヒーを飲んで、帰っていった。そのうちに、あの店の、高速ボートに、お客として乗って、佐々木の運転で、海に出て、知床半島を、見物するようになりました。佐々木の奴は、彼女に対して、やたらになれなれしくしていましたね。あとでわかったのですが、佐々木と三浦亜紀は、すでに、東京にいた頃から、知り合いだったんですよ」

「そうですよ。彼女が働いていたM商事のビルの、隣のビルに、佐々木がやっていた喫茶店があったんですよ。そこには、五十嵐京子もいたんです。三浦亜紀は、昼休みか、あるいは、退社後、その店で、コーヒーを飲んでいたと思います」

「そうらしいですね。これも、あとになって、三浦亜紀本人が、いっていたんですが、自分は、どうしても、人生に対して、及び腰で、その上、明るいところがないから、男を好きになったことがあっても、男から、愛された経験は、一度も、なかったというんですね。確かに、亜紀という女性には、今どきの、若い女のように、派手なところもないし、正直、スタイルもあまりよくありません。一番、いけないのは、いつも一歩、身を引いていることですよ。そんななかで、彼女は、佐々木宏のことが、好きになっていったらしいのです。まあ、佐々木にしてみれば、亜紀は、自分の店に、きてくれるお客だから、気軽に接しますよ。あいつは、心にもない、優しい言葉を、女に向かっていうことくらい、平気らしいから。亜紀は、自分が、好かれているんじゃないかと、錯覚したんでしょうね」

「そうかもしれません。三浦亜紀は、佐々木のことを、本気で好きになり、知床まで、追いかけていったようですからね」

「その一方、知床で、佐々木のほうは、店の経営がうまくいかなくなっていた。三浦亜紀は、九年間かけて貯めた一千万円を持って、知床にやってきた。彼女は、一世一代の、賭けをする気になったんですよ。佐々木が、何よりも、金が好きで、同時に、金に困っていることを、彼女は、しっていました。亜紀は、一千万円の大金を、持っていました。佐々木に、女としての魅力で、好かれなくてもいい。金がほしくて、愛すふりをしてくれてもいい。そう思ったんでしょう。よければ、一千万円を、あなたに貸してあげるともいったんじゃないかと思いますね。本当は、あげると、いいたかったんでしょうが、そうなると、一千万円だけは手に入れ、亜紀を捨てる恐れがある。そう思ったから、女の知恵とでも、いうのでしょうか、貸すといったんです。一千万円の現金の力で、佐々木が、五十嵐京子よりも、自分のほうを、向いてくれるのではないかと思ったのでしょうが、佐々木は、そんな優しい男じゃありません。三浦亜紀が、一千万円持っていることをしると、五十嵐京子を、けしかけたんですよ。三浦亜紀を、うまく殺してしまえば、一千万円が手に入る。そうすれば、借金を返せるし、店も大きくできる。そこで、五十嵐京子は、三浦亜紀をボートに、誘ったんです。これも、あとで亜紀にきいたのですが、佐々木の秘密を教えてあげる。ボートで、ある入江に、いくと、そこに、佐々木の秘密が、隠されていると、五十嵐京子にいわれて、亜紀は、一緒にボートに乗ったと、いっています。五十嵐京子のほうは、三浦亜紀を、例の、入江に連れていき、殺すか、殴って、気絶させて置き去りにする。ボートがなければ、あの入江からは帰れない。それに、あの入江には、よく、ヒグマが、出るというから、自分が手を出さなくても、ヒグマが、殺してくれるだろう。そう考えたのかもしれません。ところが、亜紀は、油断はしていませんでした。強くなっていたんです」

観光船が、港から沖合いに、向かっている。のどかな知床の午後だった。

「逆に、亜紀は、その入江にある石のなかから手ごろな大きさのものを見つけて、五十嵐京子の、後頭部を殴りつけたんですよ。殺す気はなかったと、亜紀は、いっています。気絶した五十嵐京子を、あの入江に、置き去りにして、見よう見真似の操縦で、何とか、ボートで、帰ってきました。その後、五十嵐京子が、ヒグマに、襲われたと見えて、顔を失くした無残な死体で発見された。女だということは、わかっても、誰だかわからなくなっていたんです。佐々木は、狼《ろう》狽《ばい》しました。へたをすると、自分が、一千万円ほしさに、五十嵐京子を、けしかけて、三浦亜紀を、殺そうとしたことがばれてしまいますからね。そこで、亜紀に向かって、君を殺そうとしたのは、五十嵐京子が、勝手にやったことで、俺はしらない。とにかく、君が無事に帰ってきてくれて、ほっとしていると、いったんですね。彼が、嘘をついているのは、すぐ、わかりましたと、亜紀は、私に、いいましたよ。それでも、佐々木に対する、怒りよりも、あの入江で発見された女性の死体を、私にして、犯人の、五十嵐京子が、どこかへ逃げてしまった。そういうことにすれば、あなたが、警察に捕まることはない。幸い、背格好も似ているから、といったんです。それに対して、感謝するどころか、交換条件はなんだと、佐々木は、いったみたいで、その言葉で、私は、傷つきましたと、亜紀は、私にいいました。でも、彼女は、佐々木に、一千万円をあなたにあげます、その代わり、私を、あなたの店で使ってください、そういったんです。佐々木は、三浦亜紀が持っていた一千万円を、使って、借金を返しました。残ったのは、三百五十万円くらいだと、あとで、わかりました。私は、そうした、いきさつをしっていたので、亜紀に、忠告したんです。佐々木のような男は、いつか、あんたを、捨てる。その前に、あんたのほうで、あんな男、捨ててしまいなさい。そう忠告したんですけどね。亜紀はこういいました。あと、三百五十万円あります。その三百五十万円が、なくなるまでは、佐々木さんは、私を、大切にしてくれるでしょう。それでいいんです、といったんですよ。私は、何もいえなくなったし、三浦亜紀の、一途《いちず》な女心にほだされて、警察官でありながら、事件の真相を、隠してしまった。彼女はね、駐在所に私を訪ねてきてくれて、よく、お喋りをしていたんですよ。情が移ったんでしょうか。それで、知床の町の駐在所の巡査であることが、気づまりになって、警察をやめてしまったんです」

坂本は、話が、一区切りつくと、小さく、ため息をついた。

「じゃあ、私たちが東京からきて、三浦亜紀を探し始めたのは、坂本さんにとって、迷惑だったんでしょうね？」

と、橋本が、いった。

「いや、私自身は、すでに、警察を、やめていましたから、あなたが、知床で、何をされようと、どうにも、思いませんでした。ただ、三浦亜紀が、男として、あの店で働いていたという真相が、ばれてしまうのが、私には心配でした。亜紀みたいな女性は、なぜか、何かあると、どんどん、不幸になってしまいますからね。そして、今度は、亡くなってしまいました」

と、坂本が、いった。

「私たちのせいでしょうか？」

「それは私にはわかりません。今日は、夕方から、三浦亜紀の追悼会が、あの店であるんです」

と、いって、坂本は、立ちあがった。

「主催者は、佐々木ですか？」

「そうなるのは、仕方がありません。私も参加して、できれば、もう一回、あの男を殴ってやりたい」

と、坂本が、いった。

愛と殺意の中央本線

1

「すいません。こんな時間に電話して」

と、妻の直子《なおこ》が、いった。

「いいさ。今は、事件が入っていないからね。何の用？」

十津川が、きく。

「私の甥《おい》で、今年S大を卒業した三田《みた》君のこと、覚えている？」

「ああ、確か、中央化工に入社したんじゃなかったかな」

「そうなの。それが、今度、松本《まつもと》の支社へいくことになったって、ね」

「松本というと、長野《ながの》か？」

「ええ。新入社員のなかから、五人が、松本へいくことになったらしいのよ。四月十日にいくといっていたんで、それまでに、餞別《せんべつ》をあげればいいと思っていたんだけど、さっき、電話がかかってきて、急に、今日、いくことになったっていうの」

「なぜ、急に、早くなったんだろう？」

「それが、今日は、八日で、土曜日でしょう。今日、向こうへいって、明日一日、あのあたりで、のんびり、遊ぶ気らしいのよ」

「なるほどね」

「今日の十三時ちょうどに、新宿《しんじゆく》を出る『あずさ17号』に、乗るって、いってるの」

「今、十二時だから、あと一時間しかないよ」

「そうなのよ。私が、餞別を持っていきたいんだけど、どうしても、用があって、いけないの。それで、申しわけないんだけど、新宿駅にいって、彼に、餞別を渡してくれないかしら」

「事件が入らなければ、今日は、午前中で、帰れるからね。新宿駅に、寄ってみるよ。餞別は、いくら包めばいいんだ？」

「それなんだけど、二万円は、包まなければいけないでしょうね。あなたと、私で、一万円ずつということで」

「わかった。それで、渡しておくよ」

十津川は、電話を切ると、慌てて、庁内の売店へいき、お祝の袋を買ってきて、なかに、二万円を入れた。

「カメさん。家内の甥が、転勤するんで、渡すんだが、何と書けばいいのかね？　餞別かな？　それとも、御をつけるのかね？」

と、十津川は、五歳年上の亀井刑事に、きいた。

「そうですねえ。年下でも、御をつけておいたほうが、無難じゃありませんか」

と、亀井は、いう。

十津川は、彼の忠告にしたがい、サインペンで〈御餞別　十津川省三、直子〉と書いた。

幸い、事件の発生はなかったので、十津川は、少し早目に、警視庁を出て、地下鉄で、新宿に向かった。

十五分前に着き、4番線ホームにいくと、直子のいっていた特急「あずさ17号」は、もう、入線していた。

九両編成の長い列車の何両目に乗るかきいていなかったので、ホームを、端から端に向かって、歩いていくと、突然、

「叔父さん！　十津川さん！」

と、呼ばれた。

振り向くと、グリーン車の近くで、三田功《いさお》が、手を振っている。

三度ほど会っているのだが、背の高い、甘い顔立ちの青年だなという印象が、残っていた。

今日は、ジーンズに、ブルゾンという格好だが、長身に、それが、よく似合っている。背広姿ではないのは、向こうで、着替えて、月曜日に、出社する気でいるのだろう。

「松本へいくそうだね?」

と、わかっているのに、きいてから、十津川は、餞別を渡した。

「うちの奥さんと一緒だ」

「すいません」

と、三田功は、いともあっさり受け取って、ポケットに、入れた。

十津川のほうも、別に、話があるわけでもない。

「じゃあ」

と、相手はいい、大股に、グリーン車の入口に向かって、歩いていった。

(グリーン車でいくのか)

と、十津川が、思っているうちに、三田は、急にくるりと振り向いて、

「向こうに着いたら、電話すると、叔母さんにいって下さい」

グリーン車のなかに、消えてしまった。

と、十津川が、何となく間の抜けたうなずき方をしている間に、三田の姿は、

「ああ」

と、いった。

2

その日の夕食の時、直子は、しきりに、餞別の金額を気にした。

「二万円じゃ、少なかったかしら？」

「いいんじゃないのかね。社会人一年生なんだから」

と、十津川は、いった。

「でも、今の若い人は、贅沢だから」

「贅沢といえば、三田君は、グリーン車だったよ」

「サラリーマンになったばかりなのに？」

「どうも、ひとりじゃないらしかったね」

と、十津川は、いった。

直子は、目を大きくして、

「やっぱりねえ」

「君は、しっていたのか？」

「そうじゃないけど。松本へいけば、いつでも、あのあたりで遊べるのに、急に、二日前にいくというのは、おかしいと思ったの。普通は、むしろ、逆でしょう？　しばらく東京を離れるから、この際、六本木《ろっぽんぎ》とか、新宿あたりで、遊んでおこうと思うものじゃないかしら？」

「それで、彼女かい？」

「ええ。これは、たぶん、彼女が、信州《しんしゅう》へいってみたいとか何とか、いったんだと思うわ。それで、見栄を張って、グリーン車なのよ」

直子は、ひとりで決めて、笑っている。

「三田君は、向こうへ着いたら、君に電話すると、いっていたが、彼女と一緒じゃ、忘れてしまうかもしれないな」

と、十津川は、いった。

十津川の言葉は、当たって、その日、夜になっても、三田功から、電話は、かかってこなかった。

翌九日の日曜日。朝早く、練馬《ねりま》区石神井《しやくじい》公園で、殺されている中年の男が、発見され、十津川は、呼び出された。

犯人は、金ほしさに、昨夜遅く、酔って、帰宅途中のそのサラリーマンを襲ったもので、すぐ、逮捕された。犯人は、まだ、二十三歳の若い男だった。

こんな犯人の時、十津川は、やたらに、腹立たしくなる。

殺人までやって、犯人が手に入れた金は、わずか、二万三千円である。今の時代なら、アルバイトをやっても、簡単に稼げるのに、なぜ、殺人という馬鹿なことをやるのかと、腹立たしいのである。ひとりの生命が失われ、犯人自身も、何年も、刑務所のなかで、青春をすごすことになる。

「こんな事件のあとは、飲みたくなりますね」

と、亀井も、いった。

二人だけで、新宿で飲んで、十津川が家に帰ると、直子が、蒼い顔で、

「大変なの」

と、いった。

「どうしたんだ？」

「三田君が行方不明なのよ」

「行方不明？」

「それで、ユキちゃんが相談にきてるのよ」

と、直子は、いった。

ユキちゃんというのは、三田功の妹で、幸子《ゆきこ》。確か、まだ、大学の二年生のはずだった。両親がこないのは、尾道《おのみち》に住んでいるからだろう。

その幸子も、蒼い顔で、十津川を見ると、

「兄さんが、いなくなっちゃったんです」

「お兄さんは、昨日『あずさ』に乗って、信州へいきましたよ。今は、向こうにいると、思うんだけど」

「それが、いってないんです」

と、幸子がいう。

横から、直子が、

「ユキちゃんが、向こうのホテルに電話してみたら、きてないって、いうんですって」

「それは、昨日も？」

「ええ。予約してあったのに、兄さんは、泊まってないんです」

「急に、ほかのホテルに、泊まることにしたんじゃないのかな」

「それなら、ホテルには電話していると、思うんです。それに、私にも」

と、幸子は、いった。

十津川は、直子に、小声で、

「三田君が、女性と一緒らしいということは、話したのか？」

「ユキちゃんも、うすうす気づいていたみたいなんですよ」

と、直子がいった。

十津川は、それならと思って、幸子に、

「お兄さんは、ガールフレンドと一緒にいったと思われるからね。彼女の希望するホテルなり、旅館なりに、急に、変えたんじゃないかな。予約を取り消さなかったのは、忘れたということも、あり得るしね」

と、いった。

「でも、兄さんは、必ず、どこに泊まることにしたからと、連絡してくるはずなんですけど」

と、幸子は、いった。

十津川は、それは違うとはいえず、困惑した。この兄妹の仲というのも、詳しくしっているわけでは、なかったからである。

「もう一日、待ってみなさい。明日になれば、お兄さんは、出社するはずだから」

と、十津川は、いった。

妻の直子も「そうねえ」と、いい、幸子に、

「明日になって、三田君が、向こうの支社に姿を見せなかったら、それこそ、大変だけど、それまでは、待ってみたらどうかしら?」

と、いった。

それで、納得したとは思えなかったが、幸子は、一応、帰っていった。

十津川は、中央化工の松本支社の電話番号をきいておき、翌、十日、警視庁に出てから、電話を入れてみた。

人事課に回してもらい、三田功の名前をいうと、相手は、

「三田君のご家族の方ですか?」

と、きく。

「親戚の者ですが」

「困りましたよ。今日が、第一日目ですからね。きちんと、九時には出社しても

きていないんですよ。どうなっているんですか？」

らわないと」

「まだ、きていませんか？」

「ええ、今、午前十時ですが、まだ、きていません。それに、寮のほうにも、きていないんですよ。どうなっているんですか？」

「そちらに、いっているはずなんですが」

「きていませんよ」

と、相手は、怒ったような声を出した。

(困ったな)

と、十津川は、思った。今頃、幸子が、直子に相談にきているのではないか？

これが、殺人事件なら、十津川が、乗り出せるのだが、失踪事件、それも、長野で起きた事件では、十津川には、どうすることもできないのである。

直子から、昼休みの時に、電話があった。

「三田君が、やはり、行方不明だわ」

「私も、向こうの支社に電話したから、しっているよ」

「ユキちゃんが、松本へいってみるといっていたわ。両親も、尾道から、直接松本へいくらしいわ」

と、直子が、いった。

「申しわけないが、今の段階では、何もできないよ」

「それはいいの。何か、事件に巻きこまれたとわかったら、助けていただきたいけど」

「そんな気配があるのかね？」

「今のところは、まだ、何もわかっていないわ。ユキちゃんも、これといった心当たりはないと、いってるし――」

「三田君のガールフレンドのことは、何かわからないの？」

と、十津川は、きいた。

「ユキちゃんは、二度ばかり、会ったことがあるといっていたわ。でも、正式に紹介されたわけじゃないから、名前も、みどりということしか、しらないと、いっているの」

「確か、あの兄妹は、一緒に、マンションに住んでいたんだね？」

「ええ。今度、三田君が、松本へいって、ユキちゃんが、ひとり住まいということになるはずなんだけど」

「三田君の荷物は、まだ、マンションに置いてあるのかね？」

「差し当たって必要なものは、松本の寮に送ったけど、残っているものは、まだあるらしいわ」

「そのなかから、ガールフレンドの名前は、わからないのかな？」

「ユキちゃんも、一生懸命調べたらしいけど、わからなかったって、いっていたわ」

「ガールフレンドの名前や、住所がわかれば、彼女のほうから、調べられるんだがね」

と、十津川は、いった。

「私も、ユキちゃんが、向こうへいっている間、マンションへいって、調べてみようと思っているの。彼女が、見すごしたものがあるかもしれないから」

と、直子がいう。

「ひとりで、大丈夫かね？」

「私ひとりのほうがいいの。何といっても、若い女の人の部屋でも、あるんですからね」

と、直子がいったとき、亀井が、傍にきて、

「事件です」

と、いった。

3

空家になり、取り壊し準備中のマンションの一室で、若い女の死体が、発見されたというのである。

他殺の疑いがあるというので、十津川は、亀井たちを連れて、中野《なかの》駅近くの現場に、急行した。

このあたりも、ビルが多くなっている。それも、真新しいビルが多い。

問題のマンションは、五階建てで、住人はすべて、立ち退いてしまい、今日から、壊すということで、業者がやってきて、三階の部屋で、死体を発見したのだという。

「とにかく、びっくりしましたよ」

と、いう、業者の案内で、十津川たちは、壊れかけた階段をのぼっていった。

三階の一番端の部屋だった。ドアは錆ついていて、窓ガラスは割れ、畳もなくなっている。

絨毯のめくれあがった居間に、若い女が、俯せに横たわっていた。

亀井が、そっと、仰向けにした。

喉に、鬱血《うっけつ》の跡が見える。絞殺のようだった。

年齢は、二十二、三歳といったところだろうか。ジーンズに、白いセーターという格好だった。

ハンドバッグは、見つからない。刑事たちは、身元を証明するようなものはないかと、周囲を、捜したが、何も見つからなかった。

ただ、ジーンズのポケットから、一枚の切符が出てきた。見つけたのは、若い西本刑事である。

「古い切符ですね」

と、いいながら、西本が、差し出した切符を見て、十津川は、おやっと思った。

JRの特急「あずさ17号」のグリーン車の切符だったからである。しかも四月八日の日付が入っていた。

当然、十津川は、同じ四月八日、新宿駅に、三田功を見送りにいった時のことを、思い出した。

あの時と同じ列車である。

「鋏が入っていませんね」

と、傍から、亀井が、いった。

「ああ」

と、うなずいたものの、十津川は、自然に、生返事になってしまっている。

亀井が、心配顔で、覗きこみ、

「大丈夫ですか？」

「大丈夫だよ」

と、十津川は、慌てていい、亀井にだけ、三田功のことを、話した。

「それは、ご心配ですね」

「今までは、それほど、心配していなかったんだよ。若者は、気紛れだし、ガールフレンドと一緒なら、脱線することもあると思っていたんだよ。だが、同じ列車の切符を持っている女が、こうして殺されているのを見ると、何となく、不安になってきてね」

と、十津川は、いった。

「すると、この仏さんが、警部のいわれる三田功さんのガールフレンドでしょうか？」

亀井が、死体を、見下ろして、きいた。

「さあ、どうかな。カメさんのいうように、この切符には、鋏が入っていないから、あの列車には、乗らなかったと見ていいだろう。新宿駅で会った時、三田君は、にこにこしていたんだ。もし、一緒にいくはずのガールフレンドが、きていなかったら、いらいらしていたと、思うんだがね」

「そうですね」

「ただ、年齢からいって、彼のガールフレンドとしても、おかしくはないんだが。とにかく、早く身元を判明させたいね」

と、十津川は、いった。

だが、所持品が、まったく見つからないのは、たぶん、犯人が、持ち去ってしまったのだろう。切符が残っていたのは、ジーンズのポケットまで、調べなかったということなのか？　あるいは、逆に、わざと、切符だけを、残しておいたのかもしれない。それは、捜査を進めていけば、わかってくるだろう。

鑑識が写真を撮り、死体は、司法解剖のために、運び出されていった。

そのあとに、白いチョークで描かれた人型が、残された。

「ここで殺されたと、思われますか？」

と、亀井が、改めて、荒れ果てた部屋のなかを見回した。

「いや、たぶん、別の場所で殺しておいて、ここまで運んだんだと思うよ。ここに置いておけば、しばらくは、発見されないと、思ったんじゃないかな」

と、十津川は、いった。

中野警察署に、捜査本部が、置かれることになった。

十津川は、自宅に電話をかけてみた。直子は、幸い、もう、帰っていた。

「ユキちゃんのマンションへいってきたけど、やっぱり、何も見つからなかったわ」

と、直子が、いう。

十津川は、中野で見つかった女の死体のことを話した。

「八日の『あずさ17号』のグリーン車の切符が気になるんだよ」

「三田君の彼女じゃないかということ？」

「その可能性が、ゼロじゃないのでね。今、ユキちゃんが、どこにいるかしっているかな？　松本のどこにいるか」

「調べれば、わかると思うけど」

「確か、彼女は、お兄さんのガールフレンドを二回ほど見たといっていたんだ」

「ええ」

「その彼女が、どんな顔立ちか、きいてみてくれないかね」

と、十津川は頼んだ。

「そちらの被害者の写真を撮って、ユキちゃんに送るわけにはいかないの？」

「そうしてもいいんだが、絞殺で、顔立ちが、ずいぶん違ってしまっていると思うんでね」

と、十津川はいった。

夕方になって、幸子のほうから、電話がかかった。声が震えているのは、東京で発見された死体のことが、不吉なものと感じられているからだろう。

「それほど、はっきりとは覚えてないんですけど」

と、幸子は、断ってから、

「背は、百六十センチくらいで、どちらかというと、痩せていましたわ。体重は、四十五、六キロぐらいだと思います。髪は長いほうで、私が見たときは、ワンレングスになっていました。目が大きく、女優のKに似ていると、思ったんですけど」

「どんな服を着ていたか、覚えていますか？」

「私が見た時は、ジーンズをはいていましたわ。ジーパンが、好きなんだって、兄さんはいってましたけど」

と、幸子はいった。

途中から十津川は、絞殺された女は、みどりという三田功の恋人に違いないと思っていた。

司法解剖の結果が出たのは、夜半になってからだった。

死因は、やはり、首を絞められたことによる窒息死である。死亡推定時刻は、四月八日の昼の十二時から十四時の間だという。

翌、四月十一日になって、新聞で見たといって、被害者の家族という人が、捜査本部にやってきた。
四十五、六歳の女性で、娘の伊東《いとう》みどりではないかという。
写真も、数枚、持ってきた。

亀井が、その女性に、遺体を見せて、確認してもらった。見た瞬間、彼女は、遺体に取りすがって、激しく泣き出した。

亀井は、彼女が、落ち着くのを待ってから、

「お嬢さんに、間違いありませんか？」

と、きいた。

「娘のみどりです」

と、彼女はいう。亀井は、彼女を、十津川のところに連れていった。

「娘のみどりに、間違いありませんわ」

と、女は改めて、十津川にいった。

十津川は、彼女が渡した写真を見ていたが、

「娘さんは、学生のようですね」

「ええ。来年卒業するはずでした」

「三田功という恋人は、いませんでしたか？　中央化工という会社の新入社員です。八日は、彼と一緒に、信州旅行にいくことになっていたと思うんですが」

「私と娘とは、別に暮らしていましたから」

と、女はいった。

「すると、娘さんは、ひとりで暮らしていたんですか？」

「ええ、学校の傍のマンションで、ひとりで住んでいました。そうしたいと、娘がいうもんですから」

「そのマンションを見せていただけませんか」

と、十津川はいった。

4

伊東みどりのマンションは、なるほど、S大の近くだった。

1DKばかりのマンションで、学生が多いらしい。

十津川は、ここへきて、三田功が、S大の出だったことを思い出した。

(大学の先輩、後輩ということで、二人は親しくなったのか)

そう考えながら、亀井と一緒に、母親が開けてくれた部屋に入った。

最初に目に入ったのは、机の上に飾られた三田功の写真だった。

学生の頃の写真らしい。

十津川は、その写真を母親に見せて、

「これが、三田功です。私の甥です」

「娘の好きだった人でしょうか?」

「そうです。彼が、今、行方不明なんですよ」

と、十津川はいった。

「関係があるんでしょうか？」

母親は、蒼い顔できいた。

「私は、関係があると思っています。三田功は、四月八日に、松本へいく『あずさ17号』に乗りました。そのあと行方不明になってしまったんですが、みどりさんも、ポケットに同じ列車のグリーン車の切符を持っていました」

「グリーン車のですか？」

「ええ。おかしいですか？」

「学生の間は、グリーン車には乗るなと、いっておいたんですけど。贅沢はしないようにってことですわ」

「なるほど。ただ、恋人と二人でいくので、はりこんだのかもしれませんし、男のほうが買ったのかもしれません」

「それならなぜ、娘は、一緒に、列車に乗らなかったんでしょう？」

「私も、それを不思議に思っています」

と、十津川はいった。

十津川と亀井は、なおも、部屋を捜してみた。

カレンダーの四月八日のところに「あずさ17号」と、書きこみがしてあるのを見つけた。

やはり、四月八日は、あの列車に、乗るつもりでいたのだ。

「警部。赤丸は、何の印でしょう?」

と、そのカレンダーを見ながら、亀井が指さした。

8の数字の上に、小さな赤い丸が書いてあった。

「それは、四月八日に『あずさ17号』に乗ることになっていたから、忘れないように、赤丸をつけておいたんだろう」

と、十津川はいった。

「しかし、三月十五日のところを見て下さい。『ユカリと映画』と書きこみがありますが、赤丸はついていませんよ」

と、亀井がいう。

なるほど、そこには、書きこみがあるだけで、赤丸はついていなかった。

「赤丸だけがついているところもあるね」

と、十津川は、首をひねった。

三月二十五日のところに、赤丸がついているが、書きこみはない。

「三月二十五日は、土曜日ですね」

と、亀井がいう。

「四月八日もだよ」

「三月十一日にも、赤丸です。同じく、土曜日です」

亀井が、興味津々という顔で、いった。

「一週間おきの土曜日か」

と、呟いてから、十津川は、母親にそのカレンダーを見せて、

「隔週の土曜日に、赤丸がついているんですが、これが何の印かわかりますか？」

「いいえ。さっきもいいましたけど、一緒に暮らしていませんでしたから」

「しかし、連絡はあったんでしょう？」

「はい。時々、電話はございました」

「その時、土曜日に、何かあるといったことは、いっていませんでしたか？」

「いいえ。何もきいていませんでしたが」

「このマンションの部屋代は、お母さんが出していたんですか？」

「マンションのというわけではなく、毎月、十五万ずつ、送っていました」

「なるほど」

と、十津川は、うなずいた。

亀井が、洋服ダンスを開けて、なかを見ていたが、

「警部」

と、小声で呼んだ。

十津川が、覗きこむと、若い娘のものらしい洋服がずらりとさがっている。

「これは、シャネルのマークが入っていますよ」

と、亀井が黒と白の洒落た服を、指さした。

「高そうだね」

「本物なら二、三十万はするんじゃありませんか」

「すぐ、調べてくれ」

と、十津川はいった。

(何かある)

と、十津川は思っていた。

5

十津川は先に、捜査本部に戻った。

妻の直子に電話してみると、三田功はまだ見つからないという。

そのあとで、亀井が、帰ってきた。

「どうだった?」

と、十津川がきくと、

「このシャネルの服は、本物でした。三十二万円だそうです」

「そうか」

「それに、あのマンションですが――」

「1DKで、十二万円だよ。それに、管理費が一万円だ」

「電気代、水道代などを入れると、親から月々、送られてくる十五万円は、消えてしまいますね」

「そのとおりだよ」

「アルバイトだけでは、無理ですね」

「どこから、金が出ていたのかな」

と、十津川は、呟いた。何となく、いやな方向に、事件が動いていきそうな感じがする。

三田功は、まだサラリーマン二年生だから、伊東みどりにシャネルの洋服など、買ってやれないだろう。

「明日は、彼女の周辺を、徹底的に調べてみてくれ。彼女に、金を出していた人間が見つかるかもしれん」

と、十津川は、いった。

翌日になっても、三田功の行方は、摑めなかった。

十津川の要請で、長野県警でも、三田功を捜してくれることになった。

三田功は、四月八日、松本までの切符を持って「あずさ17号」に、乗っている。

この列車の松本着は、一五時四八分である。JRにきいたところでは、この日、別に事故も起きていないから、三田功は、一五時四八分に、松本に着いたと考えるのが、普通だろう。

だが、三田は、消えてしまったのだ。

長野県警は、ＪＲ松本駅周辺で、聞き込みを、やってくれるということだった。

東京では、亀井たちが、殺された伊東みどりの周辺を、調べた。

亀井が、まず、聞き込みから戻って、十津川に報告した。

「被害者のクラスメイトの何人かに、当たってみました」

「それで、何かわかったかね？」

「最近、彼女が、大学の先輩の三田功と、親しくしていたことは、しっていました。ただ、問題のスポンサーのことは、しらなかったみたいですね。きっと、みどりが、内緒にしていたんでしょう」

「すると、見当もつかずか？」

「ただ、クラスメイトのひとり、女性ですが、こんなことをいっていました。伊東みどりは、地味で、目立たないほうだったのが、去年の夏休みが終わった頃から、急に、派手になったそうです」

「つまり、去年の夏休みに、スポンサーというか、パトロンというかに、めぐり合ったということだね？」

「そう思います」

「例のカレンダーの赤丸だがね、そのスポンサーと、会う日だったんじゃないだろうか？」

「隔週の土曜日に、会っていたということですか？」

「そうだ」

「それが正しければ、相手の特定に役立ちますね。隔週の土曜日が、休める人間ということになりますから」

と、亀井はいった。

「四月八日は、スポンサーの約束と、恋人の三田功とのデートとが、ぶつかってしまったんじゃないかな」

「すると、スポンサーが、殺した可能性が出てきますね」

「可能性がね」

と、十津川は、慎重ないい方をした。

西本と、日下の二人が、帰ってきた。

「伊東みどりは、一年のときから、夏休みに、アルバイトをしています。三年生の夏休みですが、沖縄《おきなわ》のホテルで、働いていますが、もし、スポンサーと関係ができたとすると、この時だと思うんです。このホテルは、高級なリゾートホテルで、料金も高く、宿泊客も、金持ちが、多いということですから」

と、西本が、いい、日下が、そのホテルの出しているパンフレットを見せた。豪華なパンフレットで、やたらに「リッチな」という形容詞が躍《おど》っている。

「アルバイトというと、何をやっていたんだ？」

「詳しくはわかりませんが、遊びの指導員みたいなことだったと思いますね。スキューバダイビングとか、水上スキーとかです」

と、西本は、いう。

「君たちは、すぐ、沖縄へ飛んでくれないか」

と、十津川は、二人に、いった。

二人が、会計に寄り、旅費を受け取って、出かけたあと、清水と、三田村の二人の刑事が、帰ってきた。

二人は、死体のあったマンション周辺で、聞き込みをやっての帰りだった。

「あのあたりは、昼間は、人通りの多い場所ですが、夜は、ひっそりと静かです。それで、聞き込みをやっても、怪しい人間を見たという目撃者は、見つかりませんでした」

と、清水は、報告した。

「すると、夜になってから、死体を、運びこんだということになるのかね？」

「そう思います。というのは、八日の夜九時頃、あのマンションの近くで、駐まっている黒っぽい車を見た人がいるんです」

「どんな車なんだ？」

「うす暗い場所に駐めてあったので、はっきりしませんが、どうやら、ベンツの大きいほうだと思われます。５００ＳＥＬじゃないかと、いっていました」

「色は、黒かね？」

「それが、わかりません。白でないことは、間違いないようですが、濃紺かもしれないし、茶色かもしれません」

「いつも、車の駐まっていない場所なのかね？」

「そうです。取り壊し直前のマンションの前ですから」

「その目撃者は、車のナンバーや、乗っていた人間を、見ているのかね？」

「残念ながら、両方とも、見ていません」

「どのくらい駐まっていたのかね？」

「夜中の十二時には、もう、消えていたと、いっています。いつ、いなくなったのかは、わかりません」

と、三田村がいった。

「あのマンションは、十日から、取り壊すことになっていたね？」

と、十津川は、きいた。

「そうです」

「それをしっている人間は、どのくらいいるのかね？」

「あのあたりの人間は、みんなしっています。回覧でしらせていますから。それに、建物の前に、四月十日から工事と書いた立札が立っています」

「それなら、犯人は、八日に、あそこに死体を置いておけば、十日まで見つからないことを、しっていたわけだね。その立札を見れば」

「そうです」

「それを狙って、犯人は、あのマンションに、死体を置いたのかな。しかし、まったくしらない人間が、いきなり車で乗りつけて、死体を、隠すはずがないんだから、犯人は、前から、あのマンションが、全室、空部屋になっていて、近く取り壊すことは、しっていたはずだな」

「私も、そう思います。あの近くの人間は、みんなしっていますが、ほかの区の人間が、しっているとは、まず、考えられません」

と、清水がいった。

「あのマンションの持ち主は、確か、サン建設だったね？」

「西新宿に、会社があります。社長は、小坂祐一郎《こさかゆういちろう》、五十二歳で、社員は百六十名。強引なやり方で、いろいろと、噂のある男です」

三田村が、ポケットから、サン建設の宣伝パンフレットを取り出し、十津川の前に広げた。

社長である小坂の大きな写真が、載っている。前の建設大臣と一緒に写っている写真である。

「確かに、遣り手といった顔だねえ」

と、十津川は、苦笑したが、

「まさか、自分が買い取り、建て直しようという建物に、自分が殺した人間を、投げこんでおくなんてことはないだろう」

「すると、その小坂という社長は、シロですか？」

「一応は、調べてみるがね」

と、十津川は、いった。

6

長野県警から、連絡が入った。電話をくれたのは、上田という警部である。

「芳《かんば》しい報告はできません」

と、上田は、申しわけなさそうに、断ってから、

「JR松本駅の駅員や、駅周辺のタクシーに当たってみたんですが、三田功さんと思われる青年の目撃者は、見つかりませんね。それから、松本周辺の観光地や、温泉地のホテル、旅館を、しらみつぶしに当たってみました。妹さんが、三田功さんの写真を持ってこられたので、それを、大量にコピーしましてね、刑事に持たせて、回ってみたんですが、八日、九日、十日とも、泊まった形跡はありません」

「中央化工の松本支社にも、電話は入っていませんか？」

「入っていません。それから、八日の『あずさ17号』の車掌にも、会いましたよ。二人に会いました。車掌長の方は、三田功さんを覚えていました」

「覚えていたんですか」

「ええ。新宿駅を出て、すぐ車内検札をしたとき、グリーン車で、三田さんと思われる若い男の乗客がいたと、いっています」

「その時、彼は、ひとりだったんでしょうか？　それとも、同伴者がいたんでしょうか？」

「車掌長は、おひとりのようでしたと、いっています」

と、上田警部は、いった。

「彼の座っていた席のナンバーは、わかりませんか？」

と、十津川はきいた。

「それなんですが、真ん中あたりの席だったことは覚えているが、何番だったかまでは、覚えていないそうです。松本までの乗客が多かったからだと、いっていました」

「彼が、終点の松本まで、乗っていたかどうかは、わかりませんか？」

「その点を、しりたいので、しつこく、きいてみたんですが、二人の車掌とも、わからないと首を振っていましたね」

と、上田は、いった。

電話がすんでから、十津川は首をかしげた。

三田功は、ひとりで、グリーン車に乗っていたようだという。

一緒にいくはずだった伊東みどりが、こなかったので、止《や》むを得ず、ひとりで、グリーン車に乗っていたのだろうか？

そう考えるより仕方がないのだが、なぜ、彼が、悠々としていたのかが、わからない。

新宿駅で会った彼は、いかにも楽しそうだった。彼は、発車直前に、グリーン車に乗ったが、その時も、にこにこしていた。

あれは、どう考えても、恋人と一緒に、旅行することが楽しくて仕方がないという顔だったと、今でも、十津川は、思っている。

伊東みどり以外の女性と一緒だったとは、考えにくい。

彼女が、同じ日の「あずさ17号」のグリーン車の切符を持っていたし、車掌の話でも、車内検札の時、三田功は、ひとりだったらしいからである。

それに、車掌の話では、三田は、グリーン車の真ん中あたりの座席に、座っていた。伊東みどりの持っていた切符に書かれていた座席は、6Aである。座席は、十二列あるのだから、6Aは、真ん中である。

とすれば三田と、伊東みどりは、八日の「あずさ17号」に、並んで座っていくはずになっていたのだ。そう考えるのが、自然だろう。

(彼女は、途中から、乗ることになっていたのではなかったろうか?)

と、十津川は、ふと思った。

彼は、伊東みどりの部屋から持ってきたカレンダーを取り出して、もう一度、見てみた。

亀井が、寄ってきて、

「何か、気づかれましたか?」

「この八日の書きこみだよ」

「列車名が、書きこんであって、別に、おかしいとは、思いませんが。この日『あずさ17号』に乗ることになっていたので、書きこんでおいたんじゃありませんか」

「確かに、そうだがね。私だったら、時間も書いておくがねえ。一三時〇〇分発だから、遅れたら、大変だからね」

と、十津川は、いった。

「そうですねえ。私も、時間は書きこみますね。列車が指定されているとき、それにデートのときは、時間が、大切ですから」

「じゃあ、なぜ、伊東みどりは、列車名だけを、書いておいたんだろう？」

「そうですねえ。同行する相手が、マンションまで迎えにきてくれることになっていたということが考えられますね。それなら、別に、時間を気にする必要はありませんから」

「ほかには？」

「ちょっと、わかりませんね」

と、亀井は、いう。

「私は、こんなことを、考えたんだ。伊東みどりは、この赤丸の人間にも、会うことになっていた。だから、新宿に十三時までにいけるかどうか、わからなかったんじゃないかとね」

「しかし『あずさ17号』には、乗る気だったんでしょう？　ジーンズのポケットに、切符を入れておいたんですから」

「そうだよ。ひょっとすると、伊東みどりは、新宿からではなく、途中から『あずさ17号』に、乗るつもりじゃなかったかと思ったんだ」

「途中からですか」

と、亀井は、手帳に書いてある「あずさ17号」の時刻表に、目をやった。

「これの、途中から乗ることになっていたということですか？」

と、亀井が、きいた。

「あまり、先じゃなかったろうね。八王子《はちおうじ》ぐらいまでじゃないかな。三田功は、伊東みどりが、途中から乗ることになっていたから、新宿駅で、相手がいなくても、安心していたんじゃないかと、思ったんだよ」

と、十津川は、いう。

「しかし、警部。彼女が、赤丸の人間と、会うことになっていたとします。新宿に、十三時にいけないから、三田功には、途中乗車すると、いったことになりますね」

「まあ、そうだね」

「赤丸の人間と、東京で会ったとします。一三時〇〇分新宿発の『あずさ17号』に、間に合わないような時間だから、新宿ではなく、途中から、乗るといっていたわけでしょう。追いかけて、うまく『あずさ17号』に乗れると思っていたんでしょうか？」

「と、いうと？」

「中央本線に並行して、新幹線が走っていれば、追いかけていって、途中から乗ることもできるでしょうが、ありませんから、追いかけるのは、大変ですよ」

「追いかけるとすると、中央自動車道を、車でか」

「そうですね。中央自動車道が、新宿—八王子—甲府《こうふ》と通っていますから、追いかけるなら、これを利用するしかありませんね」

と、亀井は、いってから、

「時刻表で調べると、この列車は、時速九十キロ近くで走っています。中央自動車道を利用して、車で追いかけるとすると、スポーツカーでも使わない限り、追いつけないいんじゃありませんか」

「タクシーじゃ、無理かね？」

「時速百キロ以上で走れば、追いつけるかもしれませんが、インターチェンジを出てから、JRの駅までの時間も、計算しないと、駄目です」

「都心から、中央自動車道に入るにも、時間がかかるね」

「そうです。都心で、十三時をすぎてしまったとすると、難しいんじゃありませんか『あずさ17号』に追いつくのは」

新宿　一三時〇〇分

立川《たちかわ》←　一三時二三分

八王子←　一三時三一分

甲府←　一四時三一分　一四時三三分

韮崎《にらさき》←　一四時四二分

小淵沢《こぶちざわ》←　一五時〇一分

茅野《ちの》←　一五時一五分

上諏訪《かみすわ》　一五時二一分　一五時二一分

←岡谷《おかや》　一五時三一分
←塩尻《しおじり》　一五時三九分
←松本　一五時四八分

「しかし、伊東みどりは、追いつけると思ったから、切符を持っていたのだろうし、三田功も、始発の新宿に、彼女がいなくても、当然途中から乗ってくると思って、安心して、新宿から『あずさ17号』に、乗りこんでいるんだがね」

と、十津川は、いった。

十津川は、念のため、八日午後の中央自動車道の混み具合を、調べてみた。

四月という春の季節の上に、八日は、土曜日である。

十津川の予期したとおり、その日の中央自動車道は、下り車線が混雑したという。家族連れなどが、車で、出かけたのだろう。

午前十一時から、午後二時頃にかけて、八王子から、大月《おおつき》間で、渋滞が続いたということだった。

「まずいね」

と、十津川は、亀井に、いった。

とても、時速九十キロ以上で、走れる状態ではなかったのだ。

7

沖縄に着いた西本と日下から、夜遅く、電話が入った。

「今、本部《もとぶ》にあるリゾートホテルにいます。間違いなく、伊東みどりは、去年の夏、ここで、アルバイトをしていました。スキューバダイビングの指導をやっていたようで、美人で、スタイルもいいので、中年の男性客に、人気があったそうです」

と、西本が、いった。

「それで、特別に、彼女と親しくしていた男の泊まり客は、見つかったかね？」

十津川が、きく。

「二人、いました」

「そうです。ホテルの支配人によると、二人とも、東京の人間で、ひとりは、五十三歳の岩本良夫《いわもとよしお》、ファストフードのチェーン店を経営しています。もうひとりは、浅井博《あさいひろし》四十九歳で、こちらは、貴金属商だそうです。この職業のほうは果たして本当かどうか、わからないそうです。二人が、そういうのをきいたというだけだからです」

「二人？」

「東京の住所を、教えてくれ」

と、十津川はいった。

西本がいう住所を、十津川は、手帳に、書き取った。

「この二人は、そこのリゾートホテルの常連なのかね？」

「そうです。二人とも、毎年のように、きているということです」

「ひとりでかね？」

「ひとりのときもあるし、女性連れのときもあるそうで、去年の夏は、二人とも、ひとりだったということで、伊東みどりに、アタックしたんじゃありませんか」

「去年の夏、この二人は何日ぐらい、宿泊したんだ？」

「岩本が、二週間、浅井が、二十日間です」

「わかった。この二人を、こちらで、調べてみよう」

と、十津川は、いった。

翌日、十津川は、亀井と、この二人の中年男のことを、調べてみた。

まず、ファストフードのチェーン店をやっている岩本良夫である。

関東周辺に、五十店以上の店を持つという男だった。

もちろん、妻子がいる。

十津川は、直接、新宿にある、イワモトフーズ本店に、社長の岩本を訪ねてみた。

大きな男で、若々しく、四十代に見えた。

「毎年夏には、沖縄にいっています」

と、岩本は、笑いながら、うなずいた。本部のリゾートホテルの特別会員になっているともいう。

「ご家族とは、一緒にいかれないのですか？」

と、亀井が、きいた。

「ちょうど、息子が、受験でしてね。遊んでいる余裕なんかないというし、家内も、息子に、つきっきりでしてね。それで、私ひとりで、英気を養いにいったわけです」

「それで、息子さんは？」

「おかげで、Ｎ大に、合格しました」

「沖縄のリゾートホテルでは、伊東みどりという、スキューバダイビングの指導員と、親しくされていたんじゃありませんか？」

と、十津川が、きくと、岩本は、眉をひそめて、

「それは、ちょっと、誤解を招くいい方ですね。私は、海に潜ることに興味を持って、向こうで、スキューバダイビングを習いましたよ。それだけのことです」

「彼女と、食事にいったりされたんじゃありませんか？」

「一、二回したかもしれないが、それは、お礼ですよ。別に、下心《したごころ》があってじゃありません」

「すると、東京に戻ってから、伊東みどりと、つき合ってはいないということですか？」

「そのとおりです」

「彼女が亡くなったことは、ご存じですか？」

「いや、しりません。海で、事故でも、起こしたんですか？」

「殺されたんです。それで、われわれが、調べています」

「それは、どうも――」

「車は、何をお持ちですか？」

と、亀井が、きいた。

「いろいろ持っていますよ。外車も、国産車も」

「ベンツも、お持ちですか？」

「持っていますが、それが、どうかしましたか？」

「ベンツは、何色ですか？」

「濃紺ですが」

「四月八日は、どうされていましたか？　特に、午後一時前後です」

と、十津川が、きいた。

「うちは、年中無休ですからね。働いていましたよ」

と、岩本は、いった。

「ここに、おられたんですか？」

「いたかもしれないし、チェーン店を回っていたかもしれない。とにかく忙しいんですよ」

「四月八日は土曜日ですが、土曜日に特別の意味がありますか？　イワモトフーズでは」

と、十津川は、きいた。

「別に、ありませんがね」

と、岩本は、肩をすくめた。

十津川と、亀井は、次に、銀座《ぎんざ》にある、浅井貴金属店を訪ねた。かなり大きな店である。ショーケースのなかには、一千万円を超す指輪なども、並んでいた。

浅井は、二年前に離婚して、現在、独身だった。

「今は、独身生活をエンジョイしていますよ」

と、浅井はにこにこしながら、いった。

「去年の夏、沖縄のリゾートホテルで、伊東みどりという指導員から、スキューバダイビングを習いましたね？」

と、十津川がきくと、浅井は、あっさりと、

「ああ、あの美人の指導員ね。習いましたよ。楽しかったな」

「その後も、つき合っていますか？」

「いや、いませんね。若くて、美人だから、つき合いたいと思いましたが、縁がなくてね」

「彼女、死にました。殺されたんです」

と、十津川がいうと、浅井は、びっくりした顔で、

「そうですか、しりませんでしたね。ああ、それで、警察が調べているわけですか」

「そうです。八日の昼頃、殺されたんですよ。失礼ですが、何をされていました？」

と、十津川はきいた。

「八日というと土曜日ですね。うちは第二と第四土曜日が休みだから、たぶん、家で、のんびり寝ていたんじゃなかったかな」

「隔週で、土曜日が、休みなんですか？」

亀井が、目を光らせた。

「ええ。いけませんか？　そのうちに、毎土曜日を休みにしたいと思っていますがね」

と、浅井は、いった。

「本当に、去年の夏以後、伊東みどりと、つき合っていませんか？」

十津川が、もう一度、きいた。

「いませんよ。死んだというのも初耳ですね」

「車は、何を運転されていますか？」

と、亀井が、きいた。

「ドイツ車が好きでね。ポルシェ911を運転しています」

「ベンツは、お持ちじゃないんですか？」

「持っていますが、あれは、お客を迎えるときで、ひとりで楽しむときは、もっぱら、ポルシェです」

と、浅井は、いった。

「そのベンツの色は、何色ですか？」

十津川が、さらにきくと、浅井は、不快気な表情になって、

「何だか、私が疑われているみたいですね」

「あなたは、伊東みどりをしっていた。それに、資産家です」

「親が残してくれただけですよ。資産があると、いけないんですか？」

「殺された伊東みどりは、つき合っていた男性から、資金援助を受けていたと思われるんです。それに、第二と、第四土曜日に、その男とデートしていたようなんですよ」

「つまり、私がぴったりというわけですか」

「まあ、そうです」

「それに、八日の私のアリバイがない――」

「ええ」

「しかし、刑事さん、私には、動機がありませんよ。去年の夏以後、彼女とは会っていないし、私は、独身だから、結婚を迫られても、相手を殺す必要はないんですよ」

「いや、今度の事件では、彼女には、若くて将来性のある恋人がいるんです。ですから、動機は逆で、彼女に、未練のあるパトロン気取りの男が、嫉妬から、殺したと、考えているんですよ」

と、十津川は、いった。

8

直子が、幸子を連れて、捜査本部に、やってきた。

「ユキちゃん、とうとう、向こうで、お兄さんが見つからずに、戻ってきたんですよ」

と、直子は、いった。

幸子は、疲れ切っているように見えた。

「警察の皆さんが、兄のいきそうな場所は、全部、調べて下さったんですけど」

と、幸子は、いう。

「三田君は、松本まで、いっていないような気がするね」

と、十津川は、いった。

「なぜ？」

と、直子が、きいた。

「彼は、恋人の伊東みどりが、新宿ではなく途中から『あずさ17号』に乗ると思っていた。ところが、彼女は、いつまでたっても、乗ってこない。当然だよ。彼女は、東京で殺されていたんだからね。ところで、三田君だが、乗ってくるはずの恋人が、いつまでたっても、乗ってこないとき、ひとりで、松本までいってしまうだろうか？」

と、十津川は、直子と幸子の二人に向かって、きいた。

「この列車には、電話がついてなかったの？　ついていれば、彼女の自宅に電話してみると思うけど、ないとすると、自分も、途中で降りて、電話してみるわ」

と、直子がいった。

「私も同感だね。彼は、甲府、韮崎、小淵沢のどこかで、列車を降りて、伊東みどりの自宅マンションに、電話したんだと思う。もちろん、彼女は自宅にいない。そのあと、彼は、一応、松本までいって、彼女を待つか、あるいは、東京に戻って、彼女を探すかのどちらかを選ぶんだが、これだけ、松本周辺を捜して見つからないとすると、東京へ戻ったんじゃないかと思うんだ。心配になり、彼女がどうしたのか、調べるためにね」

と、十津川は、いった。

「でも、それなら、なぜ、兄は、東京にいないんですか？　なぜ、連絡してこないんですか？」

幸子が、十津川を、見つめた。

十津川には、答えようがなくて、黙っていた。直子が「東京で、探しましょう」と、幸子にいい、連れて帰ってくれた。

三人のやりとりをきいていた亀井が、

「お辛いでしょう」

と、声をかけてきた。

「これから、もっと辛くなるかもしれない。彼は、松本でなく、東京に戻ってきたとすると、妹のいうとおり、連絡がないのは、おかしいんだ。だから、彼も、死んでしまっている可能性がある。そんなことは、彼女にいえなくてね」

と、十津川は、いった。

「もし、死んでいるとすると、伊東みどりを殺した人間が、同じように、殺したことになりますか？」

「ああ、そうだ。三田功は、うすうす伊東みどりが、つき合っていた男のことを、しっていたんじゃないかな。だから、三田功は、彼女に、何かあったかと思って、東京に戻ってくると、その男に会って、問いつめたんじゃないか」

「あり得ますね」

「相手の男は、三田功に気づかれたと思って、彼も、殺してしまった――」

十津川は、口のなかで、呟くようにいった。そんなことは、考えたくもないのだが、今になっても、三田功が、見つからないと、そんな最悪の事態も、想像しないわけには、いかなくなってくるのだ。

「しかし、岩本と浅井のどちらが、伊東みどりのスポンサーだったんでしょうか？　隔週で、土曜日が休みということを考えると、浅井のほうが、怪しくなってきますが」

と、亀井は、いった。

「確かに、そうなんだがね」

十津川は、言葉を濁した。

依然として、途中乗車の問題が、心に引っかかっていたからである。

伊東みどりは、三田功に、どこから「あずさ17号」に乗ると、いっていたのだろうか？　その駅がわかれば、彼が、そこで降りたと、想像できるのだが。

9

最悪の事態になってしまった。

三田功の死体が、発見されたのである。

豊島園《としまえん》近くの空地に、廃車になった自動車が、野積みされている。二百台近い数である。

強力な電磁石を吊りさげた大型クレーンが、一台ずつ摑みあげ、空地の端に設けられた圧縮機械に、投げこむのだ。

今日も、作業員がクレーンを動かしていた。

磁石が、一台の車を吸いつけて、空中に、持ちあげた。

空中で、車が大きくゆれている。

その時、がたんと音を立てて、トランクが開き、何かが、落下した。

クレーンを動かしていた男は、最初、人形が落ちたのかと思った。が、気になって、じっと見据えた。

人形にしては、おかしいと思い、クレーンから降りて、近寄ってみた。

それは、人形でなくて、人間だった。

これが、三田功の死体が発見された経緯である。

身元確認は、十津川ひとりで充分だったが、それでも、妹の幸子が直子とやってきた。

三田功が、こんな廃車のトランクに入って死ぬはずがないのだから、他殺に、決まっていた。

後頭部に、裂傷があるから、犯人は、背後から、鈍器で殴りつけて、殺したのだろう。そして、ここへ運び、野積みされている廃車のトランクに、投げこんでおいたのだ。

もし、その車を吊りあげたとき、トランクから落ちなかったら、死体はどうなっただろう？　圧縮機械に投げこまれ、少なくとも、どこの誰ともわからなくなってしまっていたのではないのか。

直子は、わざと、十津川には、声をかけず、幸子を連れて、帰っていった。捜査の邪魔になってはと、思ったのだろう。

「やはり、東京に戻っていたんですね」

と、亀井が、低い声で、いった。

「彼は、伊東みどりのつき合っていた相手を、しっていたんだと思うね」

と、十津川は、いった。そう考えないと、辻褄が合わない。

「その相手に会って問いつめ、逆に殺されてしまったというわけですか?」

「そうだ」

と、十津川は、うなずいた。

三田功の死体は、すぐ、司法解剖のために、大学病院に運ばれた。

午後七時に、その解剖結果が、十津川の手元に届いた。

死因は、後頭部を殴られたことによる頭蓋骨陥没のためとある。死亡推定時刻は、八日の午後一時から二時の間だった。

翌日十津川は、沖縄から帰ってきた西本たちに、岩本と、浅井の周辺を、徹底的に、洗うようにいっておいて、亀井と「あずさ17号」に、乗ってみることにした。

十二時四十分すぎに、新宿駅の4番線に、あがっていくと、その時と同じように、九両編成の「あずさ17号」は、すでに、入線していた。

「三田功と、このホームで、会って、餞別を渡したんだ」

と、十津川は、亀井に、いった。

今日は、土曜日ではないので、八日より、ホームにいる人の数は、少なかった。

二人は、6号車のグリーン車両に、乗りこんだ。すいていた。

定刻の一三時〇〇分に「あずさ17号」は、発車した。

「三田功は、どこで、降りたと思うね？　伊東みどりが、どこから乗ってくることになっていたかということなんだが」

と、十津川は、発車するとすぐ、亀井にきいた。

「立川、八王子に停車しますが、この二つのどちらかじゃありませんか。甲府までいくと、少し、いきすぎだと思うんですよ」

「甲府着は一四時三一分か。確かに、少し乗りすぎだね。一時間三十分以上も、待たせるとは、思えないな。甲府で『あずさ17号』に、乗ってくるのなら、甲府で一泊してもいいわけだからね」

「それに、三田功さんの死亡推定時刻もあります。午後一時から二時の間ですから、甲府までいったとなると、車内で殺されたことになってしまいます」

「そうだ。それを忘れていたよ」

と、十津川は、頭をかいた。

と、なると、三田功が立川か、八王子で降りたことは、間違いないだろう。

二人は、立川で降りた。新宿を出て、三十分も、たっていない。

(果たして、八日に、三田功は、ここで、降りたのだろうか?)

十津川は、ホームに立ったまま、周囲を見回したが、答えが、見えるはずはなかった。

いったん、外に出て、駅近くの喫茶店に入った。

亀井は、時刻表をテーブルの上に置いて、見ていたが、

「あの列車の立川着が、一三時二三分です。たぶん、東京の彼女のマンションに電話をかけ、返事がないので、東京に戻ったとします。電話をかけるのに、五、六分は、かかったと思います。二、三回は、かけ直してみたと、思いますから」

「とすると、十三時三十分にはなっているね」

「そのあと、中央線快速で、戻ったと思います。五、六分おきに、電車は出ていますから、十三時三十五分には、乗れたとして、新宿まで、中央線快速で、四十一分かかります」

「新宿着は、一四時一六分か」

「死亡推定時刻をすぎてしまいます」

と、亀井が、いった。

「次の八王子だと、もっと、すぎてしまうね」

「そうです」

「すると、どういうことになるんだ？　ここで殺されて、犯人は、死体を、豊島園近くの廃車のなかに運んだというわけか？」

「そうなりますね。八王子で殺しても同じでしょう。犯人は、三田功が、東京に戻ったと思わせたくて、そうしたんだと思いますね」

と、亀井が、いった。

「しかし、なぜ、そんなことをする必要があるんだ？」

と、十津川は、いってからちょっと考えて、

「それに、犯人が、ここで、三田を殺したということは、待ち受けていたことになるんじゃないか？」

「そうです」

「それは、おかしいよ。犯人は、東京で、伊東みどりに会って、彼女を殺した。そのあと、立川まで駆けつけて、三田を待ち伏せしたことになってしまう。間に

合うのかね？　それに、なぜ、待ち伏せしなきゃいけなかったんだろう？」

「伊東みどりが、犯人に今日、あなたに会うことは、三田功に、話してあるとでも、いったんじゃないでしょうか？　『あずさ17号』に乗っていて、立川か、八王子で、乗りこむことになっているともです。そうだとすると、伊東みどりの死体が見つかれば、自分が、疑われると、犯人は、思ったんじゃないでしょうか？　三田功の口も封じなければならない、そう思って、立川か、八王子に、急いだ。そういうことだと思うんですが、時間的には、間に合いませんね」

と、亀井は、いった。

二人は、運ばれてきたコーヒーを飲んだ。

「どうも、わからないことが、多すぎるねえ」

と、十津川は、呟いた。

十津川は、コーヒーを飲み終わってから、店の電話で、西本に連絡をとった。

西本たちは、まだ、帰っていなかったので、一時間して、もう一度、かけた。

今度は、西本は、捜査本部に、戻っていた。

「岩本のほうも怪しくなってきました」

と、西本は、いった。

「どう怪しいんだ」

「彼は、恐妻家のくせに、女遊びが好きで、夫婦喧嘩が、絶えないみたいなんです。それで、最近は、仕事にかこつけて、女と会っているようだという噂です」

「なるほどね」

「それに、岩本の性格で、面白い話をききました。彼は、欲張りで、自分が、あきてきた女でも、誰かが手を出すと、とたんに、怒り出して、自分から離れるのを許さないというんです。前に、岩本とつき合っていて、彼が冷たくなったので、ほかに、恋人を作ったら、いきなり殴られたという女性に会ってきました。自分のことを棚にあげてと、怒っていましたが」

「それなら、まだ、惚れている女が、ほかに恋人を作ったら、大変だな」

と、十津川は、いった。

「そう思います」

と、西本は、いう。

「第二と、第四の土曜日というのは、岩本にとって、何か、意味があるのかね？」

「それなんですが、岩本は、毎週一回、土曜日に、仕事だといって、車で出かけるそうです。チェーン店に、社長として、回るということらしいんです。彼の知人は、そのなかの半分くらいは、女のところにいってるんじゃないかと、いっていますが」

「毎週土曜か？」

「そうです」

「わかった」

と、うなずき、十津川はテーブルに戻った。

もう一杯、コーヒーを飲んでから、十津川は、亀井に、今、電話できいた話を伝えた。

「どうやら、岩本のほうが本命のようですね」

と、亀井が、目を輝かせていった。

「まだ、断定はできないが、岩本が犯人で、納得できるものがあればいいと、思うんだよ」

「浅井のほうは、独身ですから、第二、第四土曜日が休みといっても、別に、その日に女と会う必要はないわけです。いつ、女に会ってもいいわけです。むしろ、休みは、本当に休養したいと考えるんじゃありませんかね」

と、亀井が、いう。

「そうも考えられるね」

「岩本は、毎週土曜日に車で出かけるそうですが、伊東みどりのほかに、もうひとり女がいて、第一と第三は、その女に会い、第二と第四を、伊東みどりということにしていたんじゃありませんか？」

「恐妻家だから、会う場合も、奥さんには、仕事で出かけていることにしているんだろうね」

「関東《かんとう》地区に、何十店ものチェーン店があるそうですから、社長としてその一店ずつを、毎週、視察するということにしているんじゃありませんかね」

「そして、実際には、女と、会っていたということだね」

「まったく、仕事をしないと、奥さんに、ばれるでしょうから、チェーン店には、顔だけは出しておくんじゃありませんか」

「そうだろうね。岩本にしてみれば、そんな苦労して会っているのに、自分以外に恋人を作ってと、伊東みどりに、腹を立てたんだろうね。勝手な考えだが、岩本というのは、そんな男らしい」

と、十津川は、いった。

「伊東みどりが、八日に、赤丸と『あずさ17号』の二つを、カレンダーに、書きこんだということは、赤丸の男に、八日には、引導を渡す気でいたのかもしれませんね」

「私も同感だね。四月八日以後には、赤丸はついていないからね。相手と、縁を切る気だったんだと思う。そうしておいて、三田功と、信州へいこうと、考えていたんだろう」

「私は、もう、犯人は、岩本と思いますが、彼は、いきなり、わかれるといわれてかっとして、殺したんでしょうね。わがままで、なんでもほしくなる、惜しくなる性格だそうですから」

と、亀井は、いった。

「三田功も、おぼろげに、しっていたんじゃないかな。もちろん、伊東みどりは、お金がほしくて、相手とつき合っていたとはいわなかったろうが、三田功に、あなたのことだけを、これからは考えたいから、今日、今までのボーイフレンドに、絶交を宣言して、そのあと『あずさ17号』に、乗ると、いったんじゃないかと、思うね」

「三田功は、そのボーイフレンドが、ファストフードのチェーン店を経営している岩本だということは、しっていたんでしょうか？」

亀井は、事件の解決が近いという予感がするのか、目を輝かせて、十津川にきいた。

「そうだな。男というのは、そういうことは、しりたがるしね。伊東みどりにしても、わかれるのだからと思って、かなりのところまで、話していたかもしれないね」

「そうなると岩本が、東京で、伊東みどりを殺したあと、三田功の口を封じるために、立川や、八王子で、待ち伏せしていたと考えるよりも、列車に乗ってこない伊東みどりを心配して、彼のほうが、列車を降りて、岩本に会いにいったと考えるほうが、正しいかもしれませんね」

と、亀井がいう。

「私も、そのほうが、自然だと思うが、時間的に、合わないんじゃないのかね？三田が、立川で降りて、東京に引き返し、岩本を訪ねていくと、死亡推定時刻を、はみ出すんじゃないのか？」

「はみ出しますね」

「それがクリアできないといけないのか」

と、十津川は、いい、考えをまとめようと煙草に火をつけた。

司法解剖の結果、三田は、八日の午後一時から二時の間に死亡している。

一三時二三分に、立川で降り、東京の伊東みどりのマンションに電話をかけ、そのあと、中央線快速で、新宿に出て、岩本に会って、問いつめる。楽に、午後三時をすぎてしまうだろう。

すると、やはり、この立川か、八王子で、岩本が、待ち伏せして、この近くで、三田を殺し、夜になってから、ゆっくりと、死体を、廃車置場に運んだのだろうか？

「カメさん。八王子へいってみよう」

と、十津川は、亀井にいって、立ちあがった。

八王子にいけば、何かわかるのか、十津川にも自信がない。

ただ、三田が降りたのが、立川か、次の八王子なら、やはり、八王子へも、いってみるべきだと、考えたのである。

二人は、店を出て、駅へ向かった。

すでに、午後四時をすぎている。中央線の快速に乗ったほうが、簡単だったが、二人は、しばらく待って、一六時二三分発の「あずさ23号」に、乗った。

次の八王子まで、九分である。

乗ったと思うと、すぐ、八王子駅に着き、二人は、ホームに降りた。

「あずさ23号」は、さっさと、走り去ってしまった。

二人は、ホームを、改札口に向かって、歩き出したが、十津川が、突然、立ち止まって、

「カメさん！　あれだよ」

と、大きな声を出した。

「あずさ23号」が走り去って、ぽっかりとあいた空間の向こうに、大きな看板が出ていた。

イワモトフーズ　八王子店

の看板だった。

周囲を圧するような大きな看板だから、いやでも、目立つ。

「八日に、三田功は『あずさ17号』を、ここで降りて、あれを見たんだよ」

と、十津川は、指さして、いった。

「そして、彼は店へいってみたんでしょうか？」

「そう思うね。われわれも、いってみようじゃないか」

と、十津川は、いった。

10

その夜遅く、十津川と、亀井は、自宅に、岩本良夫を、訪ねた。

「今日『あずさ17号』に乗って、八王子へいってきましたよ。八王子のあなたのチェーン店を、訪ねたんです」

と、十津川がいうと、岩本は、十津川を見返して、

「それがどうかしたんですか？」

「今度の事件の謎が解けたということを、いいたかったんですよ」

と、十津川は、微笑した。

岩本は、半信半疑の顔で、

「本当ですか？」

「本当です。何もかも、わかりました。それを、あなたに話したくて、伺ったんです」

十津川は、まっすぐ、相手を見つめて、いった。

「なぜ、私に、話すんですか？」

「それは、あなたが、一番、ふさわしい人間だからです」

「変に、もって回ったいい方をせずに、はっきりいったら、どうですか？」

と、岩本が、いう。

「とにかく、お話ししますからきいて下さい」

「私は、いろいろと、忙しいんですがねえ」

「それでも、きく必要がありますよ」

と、十津川は、押さえつけるように、いった。その語気に、押されたように、岩本は、黙ってしまった。

「事の起こりは、去年の夏、沖縄で、あなたが、女子大生で、アルバイトに、スキューバダイビングを教えていた伊東みどりに出会ったことです」

と、十津川は、話し出した。

「あなたは、他人《ひと》がほしがると、無性に何でもほしがる癖がある。伊東みどりには、東京で宝石店をやっている浅井も熱をあげていた。それであなたは、一層彼女が、ほしくなった。そこで、夏が終わり、東京へ帰ってからも、あなたは、伊東みどりとの関係を続け、シャネルの洋服を買い与えたり、マンションの部屋代を払ってやったりした」

「そんなことはない」

「調べればわかることですよ」

と、十津川は、いってから、

「ところが、最近、伊東みどりには、恋人ができました。大学の先輩に当たる三田功です。中央化工に、今年入社した青年です。三田は、松本の支社へいくことが決まった。そこで、彼は、恋人である伊東みどりの愛を確認したくなったのです。支社へいく二日前の八日に、一緒に『あずさ17号』で、松本へいき、二人で、信州の旅を楽しまないかとです。三田にしてみれば、一種のプロポーズだったに違いありません。たぶん、彼女のほうも、それを感じたので、真剣に考え、あなたと、わかれる決心をしたんだと思いますね」

「――――」

「あなたは、独占欲の強い人だから、黙ってわかれれば、何をするかわからない。それで、彼女は、あなたに、きちんと、話をつけようと、考えたに違いありません。問題の八日は、土曜日で、あなたと、デートの約束がしてあった。あなたは、恐妻家だが、女好きだから、仕事に見せかけて、女とデートしていた。土曜日ごとに、車で、チェーン店を回るということでね。八日は、八王子店にいってくると、奥さんには、いってあったんでしょう。もちろん、ちょっとは、八王子店に顔を出しておかないとまずいから、デートは、八王子でということになります。伊東みどりは、八王子で、あなたと、話をつけてから、三田功と一緒に『あずさ17号』で、信州にいきたいから、八王子から乗っていくと、彼には、いっておいたに違いないのです」

「――」

「しかし、三田功は、列車が、八王子に着いても、伊東みどりが、乗ってこないし、ホームにもいないので、慌てて、ホームに降りました」

「――」

「彼女が、いなかったのは、当然です。八王子で、あなたに会い、きっぱりわかれたいという彼女を、あなたは、かっとして、殺してしまっていたからですよ」

「何の証拠がある？」

「まあ、最後まで、きいて下さい」

と、十津川は、相手を制しておいて、

「あなたは、彼女の死体を、八王子に、投げ出しておくことはできない。八日に八王子に、あなたがきていることが、わかっているからです。奥さんには八王子店へいくといってあるし、顔も出しているからです。そこで、ベンツのトランクに死体を入れ、夜になったら、東京に運ぼうと考えていた。ところで、八王子で降りた三田功は、途方にくれていたが、ふと見ると『イワモトフーズ八王子店』の大きな看板が、目に入った。彼は、伊東みどりから、八王子でファストフードのチェーン店をやっている男と、きっぱりわかれてくると、きいていたので、あそこへいけば、彼女のことが、何かわかるに違いないと、考えたのです。三田は、急いで、あなたの店の八王子店へいき、そこにいた従業員たちに、あなたのことや、伊東みどりのことを、必死になって、きいたんだと思いますね。違いますか？」

「私はしらん」

「あなたは、それを見ていて、不安になってきたんですよ。伊東みどりが、自分のことを、三田功に、どこまで話しているのかわからないし、八王子で会うことも、話していたかもしれない。それに、彼女の死体が見つかれば、三田功の証言で、自分が、疑われる。あなたは、怖くなった。この男の口も封じてしまわないと危ないと思った。そこで、三田に声をかけ、伊東みどりがいるところへ案内するといい、車に乗せた。人気《ひとけ》のないところへいって、あなたは、いきなり、スパナか何かで、後頭部を殴って、殺してしまったのです」

「――」

「そのあと、あなたは、伊東みどりと、三田功の死体を、都心へ運びました。まず、三田功の死体を、豊島園近くの空地に野積みされている廃車のトランクに、ほうりこんだのです。車が圧縮機にかけられ、死体も変形してしまえば、どこの誰かわからなくなると、考えたんでしょう。次に、あなたは、伊東みどりの死体を、中野のマンションに運んでいきました。取り壊しになるはずのマンションです。あのマンションの近くに、あなたのチェーン店の中野店がありますね。だから、あの取り壊しマンションの存在を、前から、しっていたんだと思うのですよ」

「――」

「あなたは、うまくやったと思ったかもしれないが、一日のうちに、二人も殺してしまったので、あなたは、小さなミスもやってしまった。その一つが、伊東みどりのジーンズのポケットに『あずさ17号』の切符が入っていたのを、見すごしてしまったことです。それが、われわれに、伊東みどりの死と、三田功の失踪とを、結びつけて、考えさせたのですよ。次は、偶然です。三田功の死体を、トランクに入れた廃車は、吊りあげられたとき、トランクが開いて、なかに入っていた死体が、落下してしまったことです。死体が押し潰されてしまっていたら、たぶん、三田功とはわからず、今でも、行方不明のままだったでしょう。それを考えると、あなたに、ツキがなかったんですよ。もう一つ、あなたは解剖によって死亡推定時刻がわかること、また、三田功が、時刻に正確なJRの列車に乗っていたことを、忘れていましたね。三田功についていえば、あなたは、都心に運んで捨てれば、都心で、殺されたと思われると、高を括っていたんでしょうが、そうは、いかないのですよ。解剖の結果、彼の死亡推定時刻は、午後一時から二時、十三時から十四時の間と、わかったんです。『あずさ17号』に、三田功が乗ったことは、わかっている。とすると、一番手前の立川で降りたとしても、都心に引き返すと、十四時をすぎてしまうのです。つまり、いくら、あなたが細工をしても、三田功は、自分で、都心へ引き返したことはあり得なくなってしまうのです」

と、十津川は、いった。

岩本の顔が、少しずつ、蒼ざめてきた。が、それでも、なお、十津川を睨んで、

「私は、何もしていない。私が、その二人を殺したという証拠があるんですか？　八日には、私は、その二人に、会っていませんよ。チェーン店を、視察して、すぐ、帰ったんです」

と、いった。

「目撃者が出ますよ」

と、十津川が、いった。

「そんなものがいるのなら、呼んできてもらいたいですね」

岩本が、大声で、いった。

突然、応接室の電話が鳴った。岩本が、受話器を取った。が、不快気に、

「十津川さん、あなたにだ」

と、いった。

十津川は、受話器を受け取り、しばらく、きいていたが、満足して、電話を切った。

岩本が、不安気に十津川を見ている。その岩本に向かって、

「実は、八王子署に、聞き込みを頼んでおいたのですよ。おかげで、いろいろわかりました。八日の午後一時半すぎに、三田功が、駅の改札口を出てきて、二人の人に、あなたの八王子店にいく道をきいているんですよ。看板は大きくて、遠くから見えますが、実際に歩くと、よくわかりませんからね。また、あなたが、三田功を、ベンツに乗せるのを見た目撃者も、見つかりました。あなたは、あの店の裏通りで、三田功をベンツに、乗せたんじゃありませんか？　それも、ちゃんと、見られていたんですよ」

「――」

「電話を、ちょっと、お借りします」

と、十津川は、いい、電話を取ると、科研にかけた。

岩本は、ますます、不安気な顔になっている。

十津川は、二、三分で、電話を切った。

「ますます、あなたの立場は、悪くなってきましたよ」

「何のことだ？」

「私どもの若い刑事が、このお宅を監視していたんです。ちょうど、今日が、ゴミの日で、大きなゴミ袋を出した。そのなかから、ベンツのトランクに敷いてあったマットを見つけましてね。それを科研で、調べてもらっていたのです。その結果が出たんですが、男女の毛髪と、血痕が、見つかりました。血液型は、AB型で、三田功と、同じものです。これで、少なくとも、あなたが、三田功の死体を、ベンツのトランクに入れて運んだことは、実証されましたよ」

復讐のスイッチバック

1

熊本《くまもと》で、仕事をすませたあと、一日、余裕ができたので、羽田《はだ》は、阿蘇《あそ》へ寄ってみることにした。

羽田の仕事は、経営コンサルタントである。

十年間、大会社の労務管理をやったあと、独立することを考えて、退職してから、アメリカ、ヨーロッパで、勉強したあと、コンサルタントの看板をかかげた。

中小企業を狙って、売りこんだのが成功して、各地から、講演依頼がくるようになったのは、去年の春あたりからである。

まだ四十歳になったばかりで、話もうまく、海外の情報にも通じているので、羽田の講演は、人気があった。

ただ、日本中を飛び回ることが多くなり、そのせいで、妻との間に、隙間ができてしまい、今年の二月に、離婚した。

十二歳のひとり娘は、母親のほうについていってしまった。それが、今でも、羽田には、辛い。

阿蘇にいくには、普通、九州横断道路《きゅうしゅう》を、バスか、レンタカーで走るのが常識である。

特に、別府《べっぷ》側から、由布院《ゆふいん》を経て、やまなみハイウェイで、阿蘇へいく人が多い。

だが、羽田は、列車にすることにした。

彼は、自分で車も運転するのだが、時々、バスに酔うことがあったからである。理由はわからない。

熊本で、ゆっくり昼食をすませてから、羽田は、一四時〇六分熊本発の急行「火の山5号」に乗った。

この列車は、九州の中央を横断する豊肥《ほうひ》本線を走り、終点の別府には一七時四〇分に着く。

羽田は、阿蘇で降りるつもりである。阿蘇着は、一五時二四分だった。

豊肥本線は、九州の東側と西側を繋ぐ幹線のはずだが、実際には、単線、非電化で、羽田の乗った急行も、わずか四両連結の気動車である。

それでも、急行らしく、四両のなかに、一両、グリーン車が連結されている。

羽田は、もし、混んでいたら、グリーン車に切り換えようと思い、先頭の1号車に乗ったのだが、車内は、がらがらだった。

座席は、向かい合う格好の四人一組の形になっていた。

羽田は、なかほどの座席に腰をおろしたが、そのコーナーには、向かい側に、若い女が、ひとり座っているだけだった。

道路が完備されなかった頃は、阿蘇観光の乗客で賑わったといわれる豊肥本線だが、やまなみハイウェイを始めとする道路網が完備されてから、客を、バスにとられてしまうのだろう。

これでは、2号車のグリーン車は、乗客は、ゼロに近いのではあるまいか。

そんなことを考えているうちに、だいだい色の車体に、赤い線の入った急行「火の山5号」は、定刻に、熊本駅を発車した。

気動車特有のエンジン音が、きこえてくる。

熊本市内を抜け、公園で有名な水前寺《すいぜんじ》駅に停車したあと、列車は、熊本平野にかかる。

写真が趣味の羽田は、愛用のカメラに、フィルムを入れて、窓の外に目をやった。

間もなく、阿蘇の外輪山が、近づいてくるはずである。

国道57号線が、横を走っている。列車からは見えないが、四キロほど向こうに、熊本空港があるはずだった。

羽田は、一度、冬の九州にきたことがあり、そのとき、飛行機で、熊本へのルートをとったのだが、熊本空港から見た、雪をかぶった阿蘇の外輪山の美しさに見とれたことがある。

羽田は、それを思い出していた。

肥後大津《ひごおおづ》着。熊本空港へは、ここからが、近い。

羽田は、ふと、目の前にいる女に、目を戻した。

急行「火の山5号」は、熊本の手前の三角《みすみ》が、始発駅である。面白いことに、三角から熊本までは、普通列車で、熊本から急行になる。

羽田が、乗りこんだときは、もう、腰をおろしていたから、三角線のどこかから、乗ってきたのだろう。

年齢《とし》は二十七、八歳だろうか。美しい顔立ちだが、羽田が気になったのは、そのせいではない。さっきから、ずっと、物思いにふけっている感じだったからである。

普通のOLという感じはしなかった。家庭の主婦という気もしない。何か、独立して、仕事をしているキャリアウーマンのように見える。

（何を考えているのだろうか？）

と、あれこれ、考えているうちに、列車は、次第に、登りになってきた。

気動車だから、エンジンを全開にすると、急に、音がやかましくなってくる。

羽田は、窓を開けて、近づいてくる外輪山の山脈《やまなみ》に、目をやった。

列車は、急勾配に喘《あえ》ぎ、スピードが落ちる。自転車ぐらいの速さになっている。

阿蘇への入口である立野《たての》に着いた。

2

海抜二百七十七メートルにある駅で、ここから、高千穂《たかちほ》方面へいく高森《たかもり》線が出ているが、この立野駅が有名なのは、スイッチバックの駅だということである。

一〇〇〇分の三三という急勾配の途中にある駅で、ここから先は、列車が、Z字形に、スイッチバックで、登っていく。

単線の豊肥本線は、この立野で、上りと下りが、すれ違うので、急行「火の山5号」も、七分間停車である。

停車して、ドアが開くと、羽田は、カメラを持って、ホームに降りた。

七分間停車というので、羽田のほかにも、ホームに降りて、伸びをしたりしている乗客がいた。

ここから、東二キロのところに、戸下《とした》温泉があるので、ホームには〈歓迎 南阿蘇温泉郷〉の立看板が見える。

目の前には、外輪山の急斜面が迫って、段々畠《だんだんばたけ》が、点在している。

羽田が、そんなまわりの景色を、カメラにおさめている間に、スイッチバックで、おりてきた上りの普通列車が、ホームの反対側に入ってきた。

交換の形で「火の山5号」は、逆方向に動き出した。

三百メートルばかり西側の端までゆっくりと走って、停車する。次は、ポイントを切り換えて、再び逆方向に、勾配を登っていくわけである。

スイッチバックの西端に、三十秒ほど停車して、信号が変わるのを待つ。

山側は、景色が単調で、谷側が、素晴らしい。

羽田は谷側の座席に移って、窓の外に、カメラを向けた。

熊本平野が、眼下に広がっている。

ここまで、列車が登ってきたことを証明するように、白川《しらかわ》の峡谷や、そこに設けられた発電所の巨大なパイプが、目の下に見えて、楽しい。

羽田が、何枚も、写しているうちに、信号が変わり「火の山5号」は、逆方向に動き出した。

Z字形に登っていくので、今、走ってきた線路や、立野の駅が、右下に見える。

ほかの乗客も、みんな、谷側の座席に移って、景色を楽しんでいる。

急坂を登り、トンネルを抜けると、もう、阿蘇である。

やがて、阿蘇の入口である赤水《あかみず》駅に着いた。

ここは、海抜四六七メートル。すでに、外輪山のなかに入っている。西の登山口でもあるので、ここで、何人かの若者が、降りていった。

ここからは、進行方向に対して、右手より、左手のほうが、景色が美しくなってくる。

羽田は、元の座席に戻った。

「写真を撮《と》りたいので、ちょっと、失礼しますよ」

と、羽田は、向かい合って座っている女にいい、窓を大きく開けた。

女は、黙っている。

緑のない外輪山の壁が、連なって、素晴らしい眺めを見せている。

阿蘇でなければ、見られない、日本離れした景色である。

列車は、火口原のなかを走る。

小さな無人駅を通過した。

間もなく、羽田の降りる阿蘇に着く。

網棚から、ボストンバッグをおろし、向かいの席の女に、

「窓を閉めておきましょうか？」

と、声をかけた。

親切心もあったが、旅先で会った女性と、軽い会話をしてみたかったこともある。

だが、相手は、俯いたまま、返事をしなかった。

（眠っているのか？）

と、思い、窓を閉め、通路に出ようとしたとき、手に持ったボストンバッグが、女の体にぶつかった。

「あっ、失礼！」

と、羽田がいった。

女の体が、ふらっと、床に倒れて、転がった。

（そんなに強く当たったはずはないんだが——）

と、羽田は思い、ボストンバッグを通路に置いて、

「大丈夫ですか？」

と、声をかけた。

女は、床に転がったまま動かない。

羽田の顔色が、変わった。

（死んでるのか？）

3

羽田は、慌てて、グリーン車にいる車掌を呼んできた。

車掌が、倒れている女を抱き起こして、声をかけながら、体をゆすったが、反応がない。

顔は、土気色《つちけいろ》で、両手も、だらんとしてしまっている。

車掌は、女の手首を押さえて、脈を診《み》た。

何回も、同じことを繰り返してから、

「まずいな。死んでいるみたいですね」

と、羽田にいった。

「――」

羽田が、どういっていいかわからずに、黙っていると、

「あなたのお連れですか？」

と、車掌がきく。

騒ぎに気づいて、ほかの乗客も、集まってきた。

羽田は、そんな乗客を見回しながら、

「偶然、僕の前の席にいただけの女性ですよ」

「次の阿蘇駅で、警察に届けなければなりませんから、あなたも、一緒に降りて下さい」

「僕は、これから、阿蘇の見物にいくんです」

「そんなに時間はかからないと思います。一緒に、警察で、事情を説明して下さ

ればいいんですから」

「車掌のあなたが、説明すればいいじゃありませんか」

羽田がいうと、車掌は、手を振って、

「それは、駄目ですよ。私は、この女の人が死ぬところは、見ていませんから」

「僕だって、死ぬ瞬間なんか、見ていない。気がついたら、倒れていたんだ」

「それなら、そのとおり、警察でいって下さればいいんです」

車掌は、頑固にいった。

阿蘇に、着いた。

車掌が、すぐ、駅舎に連絡をして、駅員が駆けつけてきた。

事故があったので、しばらく、停車しますとアナウンスしている。

警官もやってきた。

制服の警官だから、派出所から、飛んできたのだろう。

仕方なく、羽田は、事情を説明した。

といっても、ボストンバッグが当たったら、突然、相手が、床に転げ落ちたと
しか説明のしようがなかった。

「とにかく、遺体を降ろして下さい。ほかの乗客のことも考えなきゃなりません

から」

と、車掌が、警官にいった。

駅員と、車掌が、遺体と、彼女の持ち物の小さなスーツケースを、ホームに降ろした。

「あなたは、もう一度、警察で、証言してもらいますよ」

警官が、羽田にいった。否応のないいい方だった。

「僕だって、忙しいんですがね」

と、羽田は、いった。

「すぐに、すみますよ」

中年の警官は、事もなげにいった。

だが、簡単には、すまなかった。

4

遺体が、駅前の病院に運ばれて、医師が診たところ、脳溢血《のういっけつ》や、心臓麻痺《まひ》ではなく、毒死の疑いが出てきたからだった。

「間違いなく、青酸中毒ですね」

と、医師は、いった。

とたんに、警官は、態度が変わってしまった。

すぐ、県警本部に電話をかけると共に、羽田に対しても、犯人でも見るような目つきになった。

「あなたの名前から、いってもらいましょうか」

と、警官は、じろりと、羽田を睨んだ。

「羽田明《あきら》。四十歳。東京の人間で、職業は経営コンサルタントですよ」

と、羽田は、いってから、

「いっておきますが、僕は、事件には、何の関係もありませんよ。列車のなかで、初めて会った女性で、名前もしらないんですから」

「これは、殺人の疑いが、濃くなったんです」

「関係ないですよ。僕が殺したわけじゃないんだから」

「それは、これから調べれば、わかることです」

「調べるって、すぐ、帰らせてもらえるんじゃないんですか？」

「とんでもない。県警本部から、調べにくるまで、ここにいてもらいますよ」

警官は、険しい目つきでいった。

羽田は、阿蘇派出所で、二時間近く待たされた。

熊本県警から、刑事たちが、車を飛ばして、やってきた。

そのひとりが「三浦です」と、羽田にいってから、

「事情を説明していただきましょうか？」

「もう、何回も、話しましたよ。この派出所のお巡りさんにね」

「だいたいのところは、ききましたよ。しかし、どうも、はっきりしないところがあるんですよ」

「どこがですか？」

「亡《な》くなった女性は、持っていた運転免許証から、清村《きよむら》ゆきさん、二十八歳です。住所は東京です」

「僕と関係ありませんよ」

「三角から、別府までの切符を持っています」

「僕は、この阿蘇までですよ。それだけでも、無関係だってことが、わかるでしょう？」

「いや」

「なぜです?」

「彼女は、毒死です。車内で、毒を飲んだか、飲まされたことは間違いない。前に座っていたあなたが、それに気づかないのは、ちょっと、おかしいと思うのですがねえ」

三浦という三十二、三歳の刑事は、ねちねちした感じで、質問した。

「僕は、写真が趣味で、反対側の窓から、景色を撮っていたんです。その間に、毒を飲んだのなら、気がつかないのが、当然じゃないですか」

「熊本から乗ったんでしたね?」

「そうですよ」

「座席に腰をおろしたら、前に、彼女が、座っていた?」

「ええ」

「その時は、生きていたんですね?」

「話はしませんでしたが、死んではいませんでしたよ」

「どんな様子でした?」

「何か、物思いにふけっているみたいでしたね」

「それから、どうしたんですか?」

「立野駅から、反対側の窓からの景色がいいので、今もいったように、通路の反対側に移って、景色を撮っていたんです。疑うのなら、僕の撮ったフィルムを現像して、見て下さい」

「その間、彼女を見ていなかった？」

「ええ」

「阿蘇の近くへきて、前の座席に戻った？」

「赤水駅でです。その時も、まさか、死んでるとは思っていませんでしたよ。阿蘇の駅が近づいたので、網棚から、ボストンバッグをおろして、降りようとしたとき、ボストンバッグが、彼女の体に当たって、突然、床に倒れたんです。それで、慌てて、車掌にしらせました。僕が犯人だったら、車掌にはしらせず、黙って、降りてしまってますよ」

「すると、列車が、赤水に着いたときには、もう、死んでいたということですか？」

「そう思いますね」

「立野までは、生きていた？」

「と、思いますがね」

「しかし、彼女が、毒を飲むところも、飲まされるところも、見ていない？」

「ええ」

「ふーん」

三浦刑事は、鼻を鳴らした。

羽田は、いらいらしてきた。

「もう、ほかに、話すことは、何もありませんよ。帰っていいでしょう？　東京の住所と、電話番号を教えておきますから、何かあったら、連絡して下さい」

「今、あなたが話してくれたことが、事実だという証拠は、どこにもない」

「え？」

「車内は、混んでたんですか？」

「いや、すいてましたよ。二十人ぐらいしか乗ってなかったんじゃないかな」

「じゃあ、ぱらぱらでしたね」

「ええ」

「あなたと、被害者のことを見ていた人はいなかったことになる」

「どういうことですか？」

「つまり、あなたのいうことが、本当かどうか、わからないということですよ」

「冗談じゃない！」

と、思わず、羽田が、叫んだ。

「こちらだって、冗談でいってるわけじゃありませんよ」

三浦刑事は、冷たくいった。明らかに、この刑事は、羽田を疑っているのだ。

「僕は、どうすればいいんですか？」

「今日は、ここの旅館に泊まってもらいます。その世話は、警察でしますよ。遺体を司法解剖して、正確な死因や、死亡時刻がわかったら、もう一度、あなたに、きかなければならないかもしれませんのでね」

5

その日は、警察が世話してくれた旅館に泊まることになった。

阿蘇駅前には、観光客目当ての土産物店や旅館が並んでいる。

その一軒だった。

（どこに災難が転がってるか、わからないな）

と、思いながら、羽田は、旅館に入った。

女が床に転がったとき、車掌なんかにしらせず、ほうっておいて、降りてしまえばよかったのだ。

なまじ、親切心と、義務感を持ったせいで、ここで、一泊しなければならない破目になってしまった。

夕食を運んできた仲居は、話好きらしく、ご飯をよそってくれながら、

「今日の列車のなかで、大変なことが起きたんですってねえ。女の人が、殺されたってきいてますけど、本当なんでしょうかしら」

「本当だよ。僕は、その列車に乗ってたんだ」

羽田がいうと、仲居は「へえ」と、目を丸くして、

「そりゃあ、大変な目に遭いましたねえ」

「そうなんだ。同じ車両に乗っていたというんで、参考人として、ここへ留められちまったんだよ。ついてないね」

「でも、今頃の阿蘇は素敵ですよ。いいチャンスと思って、見物なさっていかれたら、いいと思いますよ」

仲居は、三月末の阿蘇が、どんなに素晴らしいか、いろいろと話してくれた。

「そうだねえ。明日は、歩いてくるかな。警察が、許可してくれればだが」

羽田が、笑っていうと、仲居は、急に、内緒話でもするように、声をひそめて、

「殺された女の人ですけどね」

「ああ」

「東京の人で、名前は、清村ゆきさんていうんですってね」

「よくしってるねえ」

「狭い町だし、うちは、食堂もやってるから、駅の人とか、警察の人が、よく、食事にくるんですよ」

「なるほど。そんな時、耳をすませていると、自然に、きこえてくるわけだね」

「ええ。亡くなった女の人って、美人なんですってね？」

「ああ、なかなか綺麗な人だったよ」

「同じ人じゃないかと思うんですけど、清村ゆきさんて人が、去年、この旅館に泊まってるんですよ」

「本当？」

「そうだと思うんですよ。お帳場の人なんかとも話してたんですけど、どうも、去年の秋に、いらっしゃった方のような気がするんです」

「名前は、同じなの？」

「ええ」

「警察にいったの？」

「うちの女将さんが、電話でしらせてたみたいですよ。だから、今日も、阿蘇で降りて、うちへいらっしゃる予定じゃなかったかと、みんなで、いってたんですけどね」

「そりゃあ、違う人じゃないかな。警察の話だと、三角から、終点の別府までの切符を持っていたそうだから」

「でも、だからといって、まっすぐ、別府へいく予定だったかどうか、わかりませんよ。途中下車は、できるんですから」

と、仲居は、いった。

羽田は「そうか」と、笑って、

「途中下車ができるんだな」

「そうですよ」

「去年の秋にきた時は、ひとりだったの？」

羽田がきくと、仲居は、笑って、

「もちろん、男の方と一緒でしたよ」

「そりゃあ、おひとりで、阿蘇に見物にいらっしゃる方もいますけど」

「もちろんか」

仲居は、慌てて、つけ加えた。

「僕に気を遣わなくたっていいよ。どんな男の人だった？」

「それが、中年の人でしたよ。四十七、八歳の方で、宿帳には、石田雄一郎《いしだゆういちろう》と、書いてありましたけど、あれは、偽名だと思いますわ。女の方は、本名だと思いましたけど」

「なぜ、男が、偽名だと思ったんだ？」

羽田がきくと、仲居は、お茶を注《つ》いでくれてから、

「女の人が、別の名前で呼んでましたもの」

「そうか。そういうところも、ちゃんと、見てるんだねえ。二十代の女性と四十代の男じゃあ、普通の夫婦とは思えないね」

「ええ」

「君は、なかなか、観察眼が鋭いけど、二人は、どんなふうな関係に見えた？」

羽田は、興味を感じて、きいてみた。

「いろいろ、考えましたよ」

と、仲居は、楽しそうに、膝を乗り出して、

「最初は、どこかの会社の社長さんと、秘書か何かかと思ったんですよ。よく、ドラマなんかに出てくるでしょう？　社長さんと、美人秘書の関係なんて」

「違ってたの？」

「女の人が、男の人のことを、名前で呼んだり、ほかに、先生って、呼んでたんですよ。社長さんのことは、先生って、呼ばないでしょう？　違います？」

「そうだな。呼ばないだろうね。だが、先生というのは、範囲が広いからねえ。最近は、誰でも、先生と呼ぶからなあ」

羽田が、苦笑したのは、自分も、先生と呼ばれることが、多かったからである。

今は、学校の教師はもちろん、政治家も、タレントも、先生と呼ばれる世の中である。

羽田は「火の山5号」のなかで会った女の顔を思い出していた。

確かに、魅力的な女性だった。美人だっただけではなく、どこか、陰のある感じだったから、よけいに、魅力的に見えたのだろう。

年齢に差のある男との情事が、いかにも、似合いそうな感じだったとも思う。

(そんな情事の果てに、あの女は、殺されたのだろうか?)

6

翌日、昼近くなって、昨日の三浦刑事が、やってきた。

二階の窓際の応接室で会った。

窓の向こうに、阿蘇の火口からの噴煙が見える。

「司法解剖の結果が、わかりましたよ」

と、三浦は、意外に、丁寧な口調でいった。羽田が、シロだとわかったからなのか、それとも何か、思惑があるのか、わからなかった。

あの仲居が、お茶を運んできて、ちらりと、羽田と、刑事の顔色を見ていった。

「やっぱり、青酸カリで、死んだんですか?」

羽田は、煙草に火をつけた。

「そうです。青酸中毒死です。ところが、ただの中毒死ではないのです」

「と、いいますと？」

「青酸を、口から飲んだのではなく、注射された形跡があります。胃のなかに、青酸は残っていなくて、血液中に入っていたからですよ」

「すると、完全に、殺人ですね？」

「でしょうね。自殺するのに、自分の腕に、青酸カリを注射するというのは、ちょっと、考えられませんからね」

「腕に、注射の跡《あと》が、見つかったんですか？」

「左手の甲から、五、六センチ上のところに、注射の跡が見つかりました。注射されたのか、青酸カリを塗った針で刺されたのかわかりませんが、いずれにしろ、左手に刺されたことは、間違いありませんね」

「しかし、刑事さん。車内で、そんなことがおこなわれたら、誰かが、気づくんじゃありませんかね」

羽田は、車内の様子を思い浮かべた。

乗客が、ぱらぱらの車内。それに、谷側の景色に、みんなが気を取られていた。

だからこそ、車内で、彼女が死んだのに気がつかなかったのだが、しかし、犯人は、腕を摑んで、注射したことになる。

そんなことが、できるものだろうか？

なぜ、彼女が、いやがらなかったのか？

抵抗しなかったのか？

「そこがわからないので、あなたの意見をききたいのですよ」

「といっても、僕は、気がつかなかったんですからね。しかし、どんな状態で、犯人は、青酸カリを注射したわけですか？」

羽田がきくと、三浦刑事は、

「左手を出して下さい」

「こうですか？」

羽田が、左手を突き出すと、三浦は、手首を摑んで、押さえつけるようにしながら、ボールペンで、前腕部のあたりを、刺す格好をした。

「たぶん、こんな感じで、刺したんだと思っています。だから、注射をしたというより、青酸カリを塗った針で、刺したんだと思いますね」

「すると、犯人は、彼女の前に座っていて、左手を摑んで、引き寄せたことになりますね」

「そうです。ところで、あの列車のなかで、被害者の前に座っていたのは、あなたですね？」

「ちょっと待って下さいよ」

羽田は、慌てて、手を振った。

「僕は、そんなことはしませんよ。第一、彼女とは、車内で、初めて会ったんですからね」

「それは、東京の警視庁に依頼して、調べてもらうことにしますが、同じ車内で、様子のおかしい乗客は、いませんでしたか？」

「いや、気がつきませんでした。犯人が、彼女の前に座って、手を掴んだりしたら、彼女が、騒ぐんじゃありませんか？　僕は、反対側の窓から、外の景色を撮っていましたが、それでも、気がついたんじゃないかな」

「そう思いますか？」

「ええ」

と、羽田は、うなずいてから、

「犯人は、僕が騒ぐ前に、列車から、降りてしまったんじゃないですかね」

「どこでですか？」

「阿蘇の手前の何といったかな――」

「赤水ですね」

「そうです。赤水。あそこは、阿蘇の西の登山口だから、何人か降りましたよ。立野では、まだ、彼女は生きていました。僕が、ホームに降りて、ちらりと見たときは、窓の外を、じっと見ていたんだから、間違いありません。だから、犯人は、立野を出てから、殺したんだと思いますよ。そして、次の赤水で、さっさと、降りてしまったんじゃありませんかね。僕が犯人なら、そうしますよ」

「われわれも、その可能性があると思って、急行『火の山5号』から、赤水に降りた乗客を、追いかけてみましたよ」

「それで、わかったんですか?」

羽田がきくと、三浦刑事は、得意そうに、

「わかりましたよ。『火の山5号』から、赤水で降りた乗客は、全部で十二人で、全員の足取りを摑めました。東京の人間が三人、あとは、関西や、地元の九州の人間です」

「そのなかに、四十代の男はいませんでしたか?」

羽田がきくと、三浦は、笑って、

「ここの仲居さんに話をききましたね？」

「そうです。その男は、有力容疑者じゃありませんか？」

「しかし、十二人のなかに、中年の男はいませんでしたよ。全員が、十代から二十代の若者です。それから、赤水以後の乗客のことも調べましたがね。それらしい中年の乗客は、いませんでしたよ」

「そうですか」

「となると、やはり、あなたに、いろいろとおききしなければならなくなりましてね」

と、三浦は、いった。

やはり、羽田のことを疑っているのだ。

羽田は、憮然としながら、

「僕は、話すことは、すべて話しましたよ」

「そうかもしれませんが、あなたは、車内で、被害者の一番近くにいたことになる。あなたが、やったとは思いませんが、気づかずに、犯人を見ているかもしれないんです。だから、思い出してほしいのですよ。車内に、挙動のおかしい人物がいなかったかどうか」

三浦は、ねちっこくきいた。

「覚えていませんねえ。そんな乗客は、いなかったんじゃありませんか」

羽田が、いったとき、若い刑事が、あがってきて、三浦の耳元で、何かささやき、小さなガラスケースを、手渡して、帰っていった。

三浦は、目を光らせて、羽田を見た。

「これを見て下さい」

と、三浦は、ガラスケースを、羽田の前に押し出した。

そのなかに、長さ五、六センチの太目の針が入っていた。

「これが、凶器ですか？」

「そうです。その先に、青酸カリが塗られていることがわかったんですよ。犯人は、それを、被害者の前腕部に突き刺して、殺したんです」

「どこにあったんですか？」

羽田がきくと、三浦刑事は、

「どこで見つかったと思いますか？」

と、きき返した。それで、羽田には、およその見当がついた。

「彼女の座席の近くですか？」

「そうです。つまり、あなたの座席の近くということでもあるわけですよ」

「ねえ、刑事さん。僕が犯人なら、凶器を、わざわざ、自分の近くに捨てたりはしませんよ。刺してから、すぐ、窓の外に捨ててしまいますよ。走ってる車内から捨てれば、こんな針は、どこへいったか、わからなくなりますからね」

「われわれは、そうは考えないんですよ」

三浦刑事は、肩をすくめて見せた。

「どう考えるというんですか？」

「犯人は、被害者の腕に、青酸カリを塗った針を刺した。被害者は、驚いて、腕を引っこめた。その時、針は、突き刺さったままだったと、われわれは考えているんです。被害者は、自分の腕に刺さっている針を抜いて、床に捨てた。当然の反応です。犯人は、慌てて、落ちた針を拾おうとしたが、こんな小さなものですからね。見つからなかった。いつまでも、這《は》いずり回って、探していたら、ほかの乗客に怪しまれる。そこで、犯人は、拾うのを、諦めたわけですよ」

7

明らかに、三浦刑事は、羽田を疑っている。

それでも、羽田の、東京での連絡先を確認してから、帰っていった。一緒に、近くの本屋にいき、羽田が書いた経営戦略の本を示して、住所や名前が、間違いないことを、わかってもらってからである。

阿蘇の火口を見物する気もなくなり、羽田は、早々に、東京に帰ることにした。

旅館で、車を呼んでもらい、別府まで、飛ばしてもらった。列車をやめたのは、いやな思いが残っていたからである。

東京に帰ってからも、事件のことは、気になっていたが、熊本県警からは、問い合わせの電話もこなかった。

（どうやら、自分に対する疑いは、晴れたらしい）

と、思い、講演のスケジュールを確認したり、頼まれた原稿などを書いていたが、事件が起きて三日目の午前十時頃、二人の刑事が、羽田のマンションを訪ねてきた。

警視庁捜査一課の十津川という警部と、亀井という刑事だった。

阿蘇での事件のことでといわれて、羽田は、首をかしげた。

「あれは、熊本県警の問題じゃないんですか？」

「そうですが、被害者が、東京の人間ということで、われわれも、協力しているわけです」

と、十津川警部が、いった。

羽田は、コーヒーを二人にすすめてから、

「まだ、犯人が見つからないんですか？」

「それで、熊本県警も、困っているわけです」

「しかし、犯人は、あの列車に乗っていたんだから、目星《めぼし》はつくんじゃありませんか」

「当日の『火の山5号』は、乗車率が二〇パーセントでしたので、すぐ国鉄にも協力してもらい、乗客全員の住所と名前がわかりました。ところが、各県警が協力して、ひとりひとりについて、調べていったんですが、何らかの意味で、被害者と繋がる人間は、ひとりもいないのです。あなたも含めてですが」

「被害者は、確か、清村さんという名前でしたね？」

「そうです。清村ゆきさんです。世田谷《せたがや》のマンションに、ひとり暮らしです」

傍から、亀井刑事が、いった。

「どんな女性だったんですか？」

羽田は、改めて、事件の日のことを思い出しながら、二人にきいた。

亀井は、手帳を取り出して、それを見ながら、

「年齢二十八歳。M商事の管理部長秘書をやっていました。二十四歳の時、結婚しましたが、一年でわかれています」

「その管理部長の名前は、何というんですか？」

羽田がきくと、十津川は、微笑して、

「ああ、去年の秋に、被害者と、阿蘇の旅館に泊まった中年男のことを、おっしゃってるんですね」

「そうです。まともな夫婦とは思えないし、恋愛のもつれからの殺人というケースだって考えられますからね。ただ、仲居さんの話では、被害者は、男のことを、先生と呼んでいたといいますから、違うような気もするんですが」

「管理部長の名前は、青木徹《あおききとおる》です。年齢は四十九歳。年齢は、だいたい合ってい

ますが、われわれが調べたところでは、二人の間に、関係があったとは、思えません。もちろん、念のために、青木部長の写真を、熊本県警に電送して、調べてもらいますがね。それより、この写真を見て下さい」

十津川は、一枚の顔写真を、羽田に見せた。
三十七、八歳の女の写真だった。どちらかといえば、古風な顔立ちである。だが、細い目には、意志の強さのようなものが感じられた。
「誰ですか？　この女性は」

と、羽田は、きいた。

「名前は、今はいえませんが、その女性を、事件の日に、どこかで見ませんでしたか？」

「いや。見ませんでしたね。しかし、警部さん。あの日の『火の山5号』に乗っていた乗客は、全部チェックできたわけでしょう？　それなら、この女性が、乗っていたかどうかわかるんじゃありませんか？」

「乗ってはいません」

「それなら、犯人じゃありませんよ」

「しかし、立野という駅では、七分間停車したわけでしょう？　ホームにいて、その七分間に殺したのかもしれません」

「七分間にですか？」

「そうです。豊肥本線の時刻表を見たのですが、一番停車時間の長いのが、立野の七分です。次は、豊後竹田《ぶんごたけだ》の二分です。急行『火の山5号』は、三角が始発で、熊本では、十一分間停車して、実際には、ここが一番長いわけですが、被害者は、熊本では、殺されていない。とすると、犯人は、立野で、急行『火の山5号』がくるのを待っていたと思うのですよ。入場券で、ホームに入ったのか、あるいは、別の列車できて、残っていたのかもしれない。とにかく、七分間という時間が、必要だったのではないかと思います。立野のホームでは、乗客は、どうしていました？　車内で、おとなしく、発車を待っていましたか？」

「もう春ですからね。ホームに降りて、伸びをしたり、スイッチバックを見たりしている乗客もいましたね。僕も、ホームに降りて、写真を撮っていましたが」

「それなら、犯人には、チャンスがあったわけです。被害者のまわりに、ほかの乗客がいないのを見はからって、乗りこみ、青酸カリを塗った針で前腕部を刺して、素早く、降りてしまう。入場券で入ったのなら、駅を出てしまえばいいし、熊本方面の切符を買ってあれば、ちょうどきた上りの列車に乗ってしまえばいい」

「なるほど」

と、羽田は、感心したが、すぐ、首をかしげて、

「前から、疑問があったんですが、構いませんか」

「いいですよ。疑問があれば、何でもいって下さい。われわれより、あなたのほうが、現場をよくしっているわけですからね」

十津川は、微笑した。

「僕は、犯人が、なぜ、針の先に青酸カリを塗るといった凶器を使ったのかわからないんです。なぜ、ナイフで刺さなかったんでしょうか？」

「それは、針のほうが、静かに殺せるからじゃないですかね。それに、凶器も処分しやすい。血も出ない。そんな理由で、ナイフを使わなかったんだと思いますが」

「そこは、少し違うと思うんです。素人の僕がいうのは、僭越かもしれませんが」

「どうぞ。いって下さい」

「今、警部さんは、針のほうが処分しやすいといいましたが、青酸カリを塗った針ですからね。へたをして、自分に刺さったら大変なことです。持って歩くのも注意が必要で、怖いですよ。それに、刺した場所が問題だと思うんです。背後から近寄って、首筋に刺すというのならわかりますが、腕に刺している。向こうの刑事さんもいっていましたが、犯人は被害者の手首を摑んで、押さえておいて、腕に刺したと思われるわけです。そんな面倒なことをするのなら、ナイフで、いきなり、背後や、横から刺したほうが、ずっと、楽なんじゃありませんか？」

「なるほどねえ」

十津川に感心されて、羽田は、かえって、照れてしまった。

「これは、あくまでも、素人の考えですから」

「いや、確かに、凶器は問題ですね。なぜ、ナイフを使わなかったのか、そこに、事件を解く鍵がありそうな気がしてきましたよ」

十津川は、真顔で、いった。

8

二人の刑事が帰ってしまったあと、羽田は、自分で持ち出した疑問を、自分で、持て余して、考えこんでしまった。

犯人が、なぜ、ナイフを使わなかったのか、それが、いくら考えても、わからない。

（自分が、犯人なら――）

と、考えてみる。

針に、青酸カリを塗って、それで、腕を刺すなどという面倒臭いことはやらないだろう。

ナイフで刺すか、スパナで、殴りつけると思う。

しばらく考えたが、結局、答えが見つからず、頼まれた講演に、出かけた。

講演先で、夕食をご馳走になり、クラブを一軒つき合って、自宅マンションに帰ったのは、午後十一時をすぎていた。

酔いが残っていて、機械的に、ドアを開けて、なかに入った。

（おや？）

と、思ったのは、入ってしまってからである。

（電気をつけて、外出したかな？）

その瞬間、思いっきり、後頭部を殴られて、羽田は、その場に、昏倒してしまった。

何時間、気絶していたのかわからない。目を開け、頭の痛さに、顔をしかめながら、電話のところまで歩いていき、一一〇番した。

パトカーと、救急車がきてくれて、羽田は、治療のために、近くの救急病院に運ばれた。

十津川警部と、亀井刑事が、飛んできたのは、一時間もしないうちだった。

頭に包帯を巻かれている羽田を見て、

「大丈夫ですか？」

と、きいてから、十津川は、

「あなたが、殴られたときいて、ひょっとしてと思いましてね」

「阿蘇の事件のせいで、僕が、やられたと思われたんですか？」

「そうです」

「しかし、僕は、犯人を見てないんですよ」

「熊本県警の話では、あなたは、写真が趣味で、阿蘇でも、写真を撮られたということですが？」

「ええ。撮りました」

「今夜の犯人は、その写真を狙って、忍びこんだのかもしれませんよ」

「しかし、犯人なんか、写していませんがねえ」

「調べてくれませんか」

「いいでしょう。これから帰って、調べてみます」

「頭は大丈夫ですか？」

十津川は、心配して、きいた。

羽田は、包帯の上から、そっと、なぜて、

「もう大丈夫です」

羽田は、十津川たちと、マンションに帰った。

机の引き出しや、洋ダンスの引き出しを調べてみる。金や、預金通帳は、盗られていなかった。しかし――。

「警部さんのいうとおりです」

と、羽田は、十津川にいった。

「やっぱり、写真ですか?」

「あの日、阿蘇で撮った写真が、失くなっています。現像して、プリントしたやつが、全部失くなっています」

と、いってから、羽田は、にやっと笑った。

「しかし、ネガは無事です。別のところへ入れておいたのを、犯人が見つける前に、僕が帰宅してしまったんでしょう」

「それを見たいですね」

「僕が、これから、プリントしましょう。器具は、全部、揃っていますから」

羽田は、十津川と亀井に、コーヒーを淹れてやってから、問題のネガを取り出した。

あの日は、途中で、事件に巻きこまれてしまったので、十八枚しか写してなかった。

その全部を、はがき大に引き伸ばして、十津川たちに見せた。

十八枚の写真が、テーブルの上に並んだ。

「熊本駅から、僕は、急行の『火の山5号』に乗りました。立野のホームに降りて、何枚か写真を撮り、そのあと、列車の窓から、景色を撮りました」

と、羽田が、説明した。

「人物より、景色に興味を持っているようですね」

亀井が、一枚一枚、見ていきながら、感想をいった。

「そうですね。景色のほうが好きです」

「人間が写っているのは、四枚だけですね」

十津川は、その四枚を取り、ほかの写真を、片づけてしまった。

四枚とも、立野のホームに降りて、写したものだった。

一枚は、ホームの反対側に、上りの普通列車が入ってくるところを写したもの。一枚は、ホームから見た阿蘇の外輪山を写したもの。あとの二枚は、スイッチバックにカメラを向けて撮っている。どの写真にも、ホームに降りたほかの乗客が、一名か、二名、入ってしまっている。

「どれも、偶然、カメラのなかに入ってしまったんです。しかし、ここに写っているのが、犯人とは、思えませんね。見て下さいよ。ここに写っているのは、土地の人らしい六十代の老婆、次の写真には、若い女性の二人連れ、あとの二枚には、女性の肩しか写っていません」

「しかし、犯人は、この写真を狙ったんです。阿蘇の事件の犯人にとって、何か都合の悪いものが写っているから、盗っていったんですよ」

「そう思って、忍びこんだら、何も写っていなかったんじゃありませんかね」

「それなら、何も盗らずに引き揚げるでしょう」

と、十津川は、いった。

「しかし、この写真が、犯人の手がかりになるとは、とうてい思えませんがねえ」

「とにかく、この四枚の写真をお借りしたいのですが、構いませんか?」

「構いませんが、お願いがあります」

「何ですか?」

「昼間見せられた写真の女性は、いったい誰なんですか?」

と、羽田は、きいた。

十津川は、亀井と、顔を見合わせていたが、

「いいでしょう。あなたには、今後も、協力していただかなければなりませんからね。名前は、関口君子《せきぐちきみこ》。三十八歳です」

「どんな人なんですか?」

「熊本県出身の代議士で、関口文武《ふみたけ》という人がいます。四十五歳の気鋭の代議士で、アメリカの大学を出た秀才でもあります」

「名前は、きいたことがありますよ。演歌好きが多い政治家のなかでは、珍しく、クラシックが好きとか、週刊誌に出ていましたね」

「その人です。彼女は、奥さんです」

「それが、事件に、どう関係してくるんですか?」

と、羽田は、きいてから「ああ」と、ひとりでうなずいて、

「阿蘇の旅館に、去年の秋に被害者と泊まったのは、その関口代議士なんですか?」

「そうです」

と、十津川は、微笑した。

「その先は、どうなるんですか?」

「関口さんは、M商事の管理部長の青木さんと、年齢は四つ違いますが、親友で、その関係で、秘書の清村ゆきと、関口さんが、親しくなったようです。去年の秋には、二人で、阿蘇へも旅行したらしいのです。それを、関口さんの奥さんがしって、騒ぎになったのです。今年になって、三月初めに、奥さんの関口君子

さんが、実家のある三角町で、自殺を図ったのですよ。まずいことに、これを週刊誌が書いたんです」

「そういえば、僕も読んだ記憶がありますよ。代議士夫人自殺未遂とかいうタイトルでしたね」

「それで、夫婦の仲も、うまくいかなくなって、離婚は、決定的と書かれました」

「関口代議士は、奥さんとわかれたら、被害者と一緒になるつもりだったんですかね？」

「そうだったと思いますよ。ところで、あなたが、熊本から乗車したとき、被害者は、すでに、急行『火の山5号』に乗っていたといいましたね？」

「ええ。そうです」

「それで、われわれは、こう推理したんです。被害者は、三角へいって、関口の奥さんに謝ったんじゃないか、とですよ」

「それは、確認されたんですか？」

「熊本県警が、三角にいって、関口君子に会ってきたそうです。彼女は、被害者がきたことを認めていますね。申しわけないと、君子に、詫びたそうです」

「それで、関口君子は、どう返事したんですか？」

「彼女の証言では、もう、主人とはわかれるつもりだから、あなたの好きにしなさいと、いったそうです」

「立派といおうか、いや、どうも、立派すぎますね」

「われわれも、そう考えました。しかし、関口君子の顔を、あなたは、車内で見かけなかったといい、彼女が、豊肥本線の急行『火の山5号』に乗っていた証拠は、どこにもないんです」

「じゃあ、アリバイは、完全ということですか？」

「被害者が、関口君子の実家にいき、詫びを入れて帰ったとき、関口君子は、まだ、家のなかにいた。これは、証人が、何人もいます」

「じゃあ、容疑者は、なしですか？」

「もうひとりいます。関口君子の弟がね。姉思いで、二十九歳のサラリーマンですよ」

十津川は、弟で、井戸《いど》年次《としつぐ》という名前の男の写真も、見せてくれた。

なるほど、関口君子とよく似た顔の青年だった。

「あの列車のなかで、彼を見かけましたか？」

と、亀井が、きいた。

「いや。見た記憶がありませんね。警察でも、調べたんでしょう?」

「熊本県警が調べました。あの日の急行『火の山5号』には、関口君子も、弟の井戸年次も、乗っていないことがわかったそうです」

「それでも、僕に、関口君子の写真を見せましたね?」

「念のためです。関口君子も、井戸年次も、シロとなると、容疑者が、いなくなってしまうのですよ」

「肝心の関口代議士は、今、どうしているんですか?」

「入院しています」

「入院?」

「愛人が殺されたことが、ショックだったんでしょうね。事件の翌日の夜から、N病院に入院してしまいました。病名は、急性肝炎だそうです」

「関口代議士には、アリバイがあるんですか?」

「あります。事件当日は、午後一時から、銀座《ぎんざ》で、熊本県人会のパーティがあって、関口代議士は、それに出席して、挨拶しています。清村ゆきが、殺されたのが、午後三時頃ですから、彼には、立派なアリバイがあります」

9

十津川たちが帰ったのは、午前四時近くである。

羽田は、なにか、自分が、探偵になったような気持ちで、眠れなかった。

四枚の写真は、十津川たちに渡してしまったので、それだけ、もう一度、プリントした。

その四枚を、改めて、テーブルに並べてみた。

(このなかに、事件を解く鍵があるのだろうか?)

いくら見ても、羽田には、わからなかった。

犯人と思われる人間が、わざわざ、羽田の留守に侵入して、盗み出したのだから、犯人にとって、困るものが、写っているに違いない。

しかし、いくら見ても、それらしいものは、見つからないのだ。

四枚の写真には、三人の乗客しか、写っていない。

そのなかに、十津川に見せられた関口君子と、井戸年次はいない。

ほかにひとり、左肩のあたりだけが写っているのがある。

スイッチバックの西端のほうを、写真に撮ったとき、偶然、女の左肩のあたりが、入ってしまったのである。

しかし、思い出してみると、二十歳くらいの若い女で、関口君子ではなかった。

(それなのに、なぜ、犯人が、この写真を狙ったのだろうか?)

そんなことを考えているうちに、羽田は、眠ってしまった。

朝、起きた時、目が、はればったくなっていた。考えてみると、五時間しか眠っていないのである。

それでも、約束してあった埼玉《さいたま》県内の中小企業団地に、講演に出かけた。

待ち時間の時にも、四枚の写真を見ていて、世話役の青年に「いい女《ひと》の写真ですか?」と、ひやかされたりした。

夕方に帰宅した羽田は、ドアの鍵を開けようとして「やられた!」と、思った。

鍵が、開けられているのだ。

慌てて、なかに入り、部屋のなかを、調べてみた。

今度は、五万円の現金も盗られていた。が、阿蘇で撮ったネガも、失くなっている。

明らかに、流しの泥棒に見せかけているが、目的は、やはり、阿蘇のネガなのだ。

羽田は、すぐ、十津川警部に、電話でしらせた。

十津川は、亀井と、二人で駆けつけた。

二人とも、やはり、この二度目の事件に、大きな興味を示した。

「羽田さんには、申しわけないんですが、犯人が、また、盗みに入ってくれて、助かりました」

と、十津川は、いった。

「あの写真に、何かあるとわかったからですか?」

「そうです。今日、警視庁に戻ってから、亀井刑事と二人で、何回も、四枚の写真を見たんですが、犯人が、狙った理由がわからなかったんですよ。犯人は、写っていないし、事件を解く鍵があるとも思えない。立野駅のスイッチバックが、事件の鍵かと思ったんですが、それなら、写真をいくら盗んでも、立野へいけば、いくらでも、現場検証できますからね。それで、写真は、意味がないんじゃないかと、諦めかけていたのです。しかし、犯人が、危険をおかして、ネガまで持っていったところをみると、やはり、あの写真に、事件を解く鍵があるのだと、確信しましたよ」

「しかし、犯人は、写っていないんでしょう？」

「そうです。われわれは、犯人は、男だと確信しています」

十津川が、にっこり笑っていった。

「男？　じゃあ、関口君子の弟の井戸年次ですね？」

羽田が、ずばりと、きくと、十津川は、

「まあ、そうです」

と、うなずいた。

「彼は、東京に、ひとりで住んでいるんですが、事件の日には、東京にいなかったことがわかりましてね。だから、アリバイが不確かなのですよ」

「僕の撮った四枚の写真には、井戸年次は、写っていませんね。というより、偶然、入ってしまったのは、全部、女性ですよ」

「そうです」

「それなのに、なぜ、犯人は、ネガまで盗っていったんでしょうか？　犯人は、女性だということは、考えられませんか？」

と、羽田は、きいてみた。

「つまり、この四枚のなかに写っている女性ということですね？」

「ええ。だから、犯人は、必死になって、ネガまで、盗んでいったんじゃないかと思うんですが」

「いや、それはありません。ここに写っている女性については、熊本県警のほうで、名前も摑んでいます。今日、電送したんですが、被害者とまったく関係のない女性たちだとわかりました。まったく無関係な人間が、針の先に、青酸カリを塗って殺すような真似はしませんからね」

「そうすると、ますます、この写真を、なぜ犯人が盗んでいったか、その理由が、わからなくなってくるじゃありませんか？」

羽田は、首をかしげてしまったが、十津川は、なぜか、にっこりして、

「だから、面白いともいえるんです」

「どうも、意味が、よくわかりませんが」

「つまり、一見、何の意味もなく見えるこの四枚の写真のなかに、事件を解く鍵があるということです。それに、昨日、あなたが、指摘して下さったこともあります」

「何でしたっけ？」

「犯人が、なぜ、ナイフを使わなかったか、なぜ、前腕部なんかに、毒針を突き刺したかという疑問です」

「ああ、それですか。答えは見つかったんですか？」

「いや、まだ、見つかっていませんが、この二つの疑問の向こうに、事件の答えがあると信じています」

と、十津川は、自信を持ったいい方をしてから、

「ところで、一日か二日、時間がとれませんか？」

「なぜですか？」

「われわれと一緒に、阿蘇へいってもらいたいのです。熊本県警の捜査員も、同行して、事件を、もう一度、再検討してみたいのです」

「同じ急行『火の山5号』に乗るということですね？」

「そうです。なるべく、早い時期に、いっていただきたいのですよ」

「いいでしょう。僕も、事件に関係した人間として、誰が犯人かしりたいですからね」

羽田は、スケジュール表を見てから、明後日なら、あいていると、十津川に告

げた。

10

その日、雨が降ったらまずいのではないかと思っていたが、朝、目を覚ますと、雲一つない快晴の空が、広がっていた。

簡単な朝食をすませて、カメラにフィルムを入れているところへ、十津川と、亀井の二人が、迎えにきた。

パトカーで、羽田《はねだ》まで、送ってもらう。

航空券は、すでに買ってあって、午前九時三〇分羽田発の熊本行TDA351便に乗った。

「まあ、気を楽にして、旅行を楽しんで下さい」

と、十津川は、にこにこしながらいった。

羽田を、必要以上に、緊張させまいとしていったのだろう。

一一時二〇分に、熊本空港に着いた。

空港には、熊本県警の刑事が迎えにきていた。あの三浦という刑事だった。

羽田は、複雑な気分で、三浦刑事と、握手をした。

事件の直後には、この刑事に、犯人扱いされたことを、思い出したからである。

空港から、熊本市内まで、県警のパトカーで、走った。

約五十分で、熊本駅前に着いた。

急行「火の山5号」の熊本発は一四時〇六分だから、二時間近い時間があった。

羽田と十津川たちは、三浦の案内で、駅前のレストランで、昼食をとることにした。

「一番怪しいのは、井戸年次です」

と、食事をしながら、三浦刑事が、いった。

「同感ですね」

十津川が、うなずいた。

「彼には、アリバイがありません。それに、事件当日の朝、三角町内で、彼の友人が、彼を見たともいっているんです」

と、三浦は、いってから、

「しかし、あの日、井戸年次は、急行『火の山5号』には、乗っていないんですよ。乗客は、全員、チェックできたんですが、そのなかに、彼はいません。それに、立野のホームでも、彼らしい人物を見かけていないんです。井戸年次は、怪しいんですが、どうやって、被害者に近づいて、殺したのか、まったく、見当がつかないんです」

「被害者と、井戸年次は、顔見知りだったんですか？」

と、亀井が、きいた。

「姉の関口君子が、自殺を図り、被害者が、詫びに三角を訪ねたのは、あのときが、はじめてだったそうです。だから、顔を合わせたとしても、一回か二回ぐらいでしょうね」

「被害者は、突然、三角町を訪ねたんですかね？」

「いや、電話で、いかせてほしいと、何度も懇願してきたそうです。それで、関口君子は、事件当日のあの日なら、きてもよいといっていったといっています」

「すると、当然、弟の井戸年次は、前もって、被害者がくることをしっていたわけですね」

「そうなりますね」

「僕も、一つ質問していいですか？」

羽田が、遠慮がちに、口を挟んだ。

「どんなことですか？」

と、十津川が、羽田を見た。

「被害者は、三角で、関口君子に詫びをしたあと、なぜ、まっすぐ東京に帰らず、豊肥本線に、乗ったんでしょうか？」

「それは、私が、答えましょう」

と、十津川が、いった。

「これは、関口代議士からきいたんですが、彼の妻が、実家で自殺を図ったときいて、被害者の清村ゆきは、関口代議士と、わかれることを決心したそうです。被害者は、心の優しい女性だったのだと思いますね。彼女は、三角へいって、関口代議士の奥さんに、詫びたあと、関口代議士とすごした阿蘇を見て帰りたいと、いっていたそうですよ。ただ、阿蘇で降りて泊まってしまっては、また、未練が出てしまうかもしれない、だから、豊肥本線の列車に乗って、帰る途中に、阿蘇の山を見たい、とです。これは、関口代議士にもいっていたし、友人にもいっていたようです」

「すると、井戸年次が、それをしるチャンスもあったわけですね？」

「あったと思いますね。関口君子が、被害者に、許すといったあと、どう帰るのかと、きいたとすれば、被害者は、豊肥本線で、阿蘇を見て帰ると、答えたと思いますからね」

「関口君子は、本当に、被害者を許したんでしょうか？」

「さあ、どうですかね」

と、三浦刑事は首をかしげて、

「被害者が、身を引いても、夫婦の間は、元に戻りませんからね。本当に許したかどうかわかりませんね。少なくとも、弟の井戸年次は、被害者を許してなかったと思いますよ。彼の姉思いは、有名だったようですから」

「やはり、どう見ても、井戸年次が、犯人のようですな」

亀井が、それが結論のようにいった。

「だが、問題は、どうやって、殺したかだよ」

十津川が、いう。

三浦は、食事をすませて、お茶を飲んでいたが、急に、思い出したように、

「その後、一つ、妙なことが、わかりました」

「どんなことですか？」

「被害者の左の掌《てのひら》が、少し汚れていたんです。彼女が、座席から、床に転げ落ちたとき、左の掌が床について、床の汚れが附着したんだと思ったんです。ところが、今朝になって、違うことがわかりました。念のために、掌の汚れを分析してもらったところ、土の微粒子だとわかったんです。つまり、泥で汚れていたということです」

「泥？」

「そうです。列車の床の汚れではなかったんです」

「右の掌は？」

「汚れていませんでした」

「すると、こういうことですか。被害者は、列車から降りて、左手だけ、土にこすったと同じようになっていたという――？」

亀井が、首をかしげて、三浦に、きいた。

「ええ、そうなります」

「犯人が、泥のついた手で、被害者の左手を摑み、引っ張っておいて、毒針を、前腕部に突き刺したということかな」

十津川が、考えながら、いった。

「われわれも、そう考えたんですが、もし、犯人が汚れた手で、被害者の左手を摑んで引っ張ったのだとすると、むしろ、左手の掌よりも、手の甲が、汚れているんじゃないかというわけです。しかし、被害者の手の甲は、汚れていませんでした」

「すると、犯人が、汚れた手で、被害者の左手を摑んだのではなく、被害者が、何か、汚れたものを、左手で摑んだことになるんだが、いったい、何を摑んだんだろう？」

十津川が、考えこんでいる。

羽田は、列車のなかの様子を思い出しながら、

「車内に、そんなものは、ありませんでしたよ」

11

四人が、熊本駅のホームに入ったとき、三角から走ってきた急行「火の山5号」は、すでに、入線していた。

羽田が、あの時と同じ1号車に乗りこむと、十津川たち三人も、そのあとに続いた。

車内は、あのときと同じように、がらがらだった。

行動の自由のきくバスや、レンタカーなどに、客をとられるからだろう。確かに、阿蘇をよく見るには、車で走ったほうが、便利だからに違いない。

四人は、あの日、被害者と、羽田が座ったコーナーに、向かい合って、腰をおろした。

亀井は、腰を浮かし、ぐるりと、車内を見回した。

「ずいぶん、すいていますね。あの時も、こんなに、すいていたんですか？」

「ええ。こんなものでしたね」

羽田が、答えた。

「これじゃあ、犯人が、被害者を殺しても、ほかの乗客は、気づかなかったでしょうね」

亀井は、感心したようにいった。

「それに、手で摑んで、泥がつくようなものも、車内には、ありませんよ」

羽田は、三人に、いった。

床も、綺麗に、掃除されているし、窓ガラスや、背もたれについている手すりも、汚れてはいない。

「被害者は、左ききだったんですか？」

羽田は、三人の誰にということもなく、きいてみた。

十津川が、首を横に振って、

「いや、上司や、関口代議士に会って話をきいたところでは、彼女は、右ききだったということですよ」

「じゃあ、なぜ、左手で――？」

羽田がいったとき、急行「火の山5号」は、阿蘇に向かって、動き出した。

羽田は、いやでも、あの日のことを思い出さずには、いられなかった。

物思いに沈んでいた女。あの時は、わからなかったが、彼女は、愛する関口代議士と、わかれる決心をしていたのだ。

もちろん、自分が殺されるなどとは、思ってもいなかったろう。

次第に、列車は、登りになってくる。

肥後大津に停車したあと、あの日と同じ、一四時四七分に、立野に着いた。

「羽田さんは、あの日と同じように、動いて下さい」

と、十津川が、羽田にいった。

羽田は、カメラを持って、ホームに降りた。

あの日と同じように、春の陽が、ホームに降り注いでいた。
五、六人の乗客が、ホームに降りて、周囲の景色を見たり、煙草を吸ったりしている。
羽田は、スイッチバックの端に向かって、シャッターを切ったり、ホームの景色を写したりした。やがて、熊本行の普通列車が、ホームの反対側に入ってきた。

すべて、当然のことだが、あの日と、同じである。

一分後に、急行「火の山5号」は、スイッチバックに向かって、発車する。

羽田は、車内に戻った。

急行「火の山5号」は、逆方向に、ゆっくりと動き出した。

かなりの勾配を、ゆっくりと、登っていき、停車した。

信号が、変わるのを待つのである。

「景色は、反対側のほうが素晴らしいので、僕は向こうで、窓の外の景色を、写真に撮っていました。だから、この時点で、彼女が死んでいたかどうか、わからないんです」

と、羽田は、いった。

十津川たちも、通路の反対側の座席に移って、窓の外を見た。

「なるほど、谷側のこちらのほうが、展望が開けていますね」

十津川が、いった。

三十秒くらいして、列車は、再び、逆方向に、勾配を登り始めた。

ここまで登ってきた線路や、立野の駅が、下のほうに見える。

「乗客のほとんどが、こちら側の座席に移ってきていましたね」

と、羽田が、いった。

「すると、ますます、被害者を、殺しやすくなったことになりますね」

亀井が、いった。

「だが、なぜ、あんな面倒な殺し方をしたのかわからなくなるよ。羽田さんのいうように、ナイフで刺せばいいんだからね。それに、容疑者の井戸年次は、列車に乗っていなかったんだ。もし、彼が犯人だとすると、列車の外から、どうやって、車内にいる清村ゆきを殺せたかが問題になってくる」

十津川が、車内を見回しながら、いった。

列車は、喘ぎながら、急勾配を登っている。

そして、赤水に着いた。

「ここで、彼女は、殺されてたんです」

と、羽田は、いった。

12

「降りよう」

突然、十津川が、いった。

理由が、わからないままに、ほかの三人も、慌てて、十津川と一緒に、ホームに降りた。

急行「火の山5号」は、すぐ、発車していった。

「立野へ引き返そう」

と、十津川は、いった。

「なぜですか？」

亀井が、きいた。

「羽田さんの撮った問題の四枚の写真は、すべて、立野のホームで撮ったものだ。それが、犯人に盗まれたとすれば、どうしても、事件の鍵は、立野ということになる」

「しかし、何にも発見されませんでしたよ」

羽田が、いった。

「とにかく、立野に戻ろう」

十津川は、頑固にいった。

上りの列車を待つのが惜しくて、四人は、駅前でタクシーを拾い、立野に急いだ。

立野に着く。

立野の駅は、駅舎が、上のほうにあって、ホームは、下のほうにある。

羽田が、ホームへいこうとするのを、十津川が止めて、四人は、駅舎に入っていった。

駅員が、二人いた。

十津川は、警察手帳を見せてから、問題の四枚の写真を、二人の駅員の前に、並べた。

「これは、例の殺人事件のあった日に、この駅のホームで、撮ったものです。あなた方から見て、何かおかしいところがあったら、教えてほしいんですよ」

と、十津川は、いった。

二人の駅員は、四枚の写真を、興味深そうに見ていたが、

「写真に写っている乗客が、おかしいということですか？」

「いや、乗客は、別におかしくはありません。ほかの何かが、おかしいんだと思うんですよ」

「漠然と、いわれても、困るなあ」

駅員は、首をひねりながら、なおも、見ていたが、片方の駅員が、

「この二枚は、変じゃないか」

と、もうひとりにいった。

ホームから、スイッチバックの端に向かって、撮った写真だった。

「確かに、これは、変だよ」

と、もうひとりの駅員もいう。

羽田たちが、覗きこんだ。

「どこが、変なんですか？」

「ほら、スイッチバックの端のほうに、小さく、人間が写っているでしょう」

「しかし、それは、ヘルメットをかぶって、作業服を着た保線区員ですよ。別に、おかしくはないでしょう？」

羽田がいうと、駅員は、

「あの日、保線区員は、立野には、こなかったんです」

「本当ですか？」

思わず、亀井が、大きな声を出した。

「ええ。別に、異常箇所は、ありませんでしたからね。第一、ひとりでいるのがおかしいですよ。普通、保線区の人間は、二人以上のチームで、作業しますからね」

「井戸年次だ」

と、三浦刑事が、いった。

13

四人は、ホームへ降りていき、改めて、スイッチバックの端に目を向けた。

「これで、どうやって、殺したか、だいたいわかってきたじゃないか」

と、十津川は、スイッチバックに、視線を向けたまま、いった。

「井戸年次は、被害者が、三角から、列車に乗ったのをしっていた。熊本から、急行『火の山5号』になる列車にだ。そこで、ヘルメットに、作業服を着て、保線区員という格好で、立野のスイッチバックで、待ち受けていたんだよ」

「しかし、どうやって、被害者が『火の山5号』に乗ったのをしったんでしょうか？」

羽田がきくと、十津川は、

「こういうことだと思いますね。被害者が、詫びに三角の家を訪ねた。その時、井戸も、そこにいたんですよ。被害者は、関口君子に、豊肥本線で、別府までいって、帰るといって、三角の駅に向かった。井戸年次は、そのあとをつけたんだと思いますね。彼女は、別府までの切符を買う。その時間で、どの列車に乗るか、見当がつきます。三角駅というのは、一時間に、一本ぐらいしか、走っていませんからね。それに、三角発で、別府までいく列車となると、限られていま す。すぐ、急行『火の山5号』と、わかったと思うのですよ。井戸は、家が、三角だから、豊肥本線にも、何回か、乗っていたと思います。立野のスイッチバックも、よくしっていて、ここで、清村ゆきを殺そうと思った。そして、車で、先回りしたんです」

「タクシーですか？」

「いや、実家にある車を使ったと思いますね」

「実家には、乗用車があります」

と、県警の三浦刑事がいった。

十津川は、うなずいてから、

「急行『火の山5号』は、三角から熊本までは、各駅停車の普通列車です。その上、熊本駅では、十一分間も、停車する。熊本からは急行になりますが、登りになると、自転車ぐらいのスピードに落ちてしまうのは、われわれも、経験しました。その点、道路は、よく整備されているから、立野に、先回りするのは、楽だと思いますね。白いヘルメットや、保線区員に似た作業服は、売っていると思います。作業服専門の店がありますからね」

「毒針は、いつ用意したんですかね？」

羽田がきいた。

「あれは、前もって、用意しておいたんだと思いますね。被害者が、三角へくることは、前から、わかっていたんですから」

「立野に先回りした井戸年次は、もちろん、改札口から駅には入らず、勝手に線路に入りこんで、スイッチバックの端にいき、じっと、待っていたんですね。保線区員のような格好だから、一般の人は、不審に思わない。たまたま、羽田さんの撮った写真に、写ってしまったということでしょうね」

と、亀井が、いった。

「さっき、列車に乗っているとき、計ってみたんです」

と、十津川は、腕時計に、ちらりと、目をやって、

「列車は、逆方向に、勾配を登っていって、スイッチバックの端へいき、いったん、停車する。そして、また、逆に、進む。この間が、三十秒間です。三十秒間、列車は、スイッチバックの端に停車する。井戸は、この三十秒を利用して、被害者を殺したんですよ」

「どうやってですか？」

三浦刑事が、きいた。

「これは、想像するより仕方がないんだが、ナイフを使わずに、毒針を使ったこと、左手の前腕部を刺していること、左手の掌に、土がついていたことなどを考

えれば、だいたいの想像はつきますよ」

「どんなふうにですか？」

「ナイフは、使わなかったのではなく、使えなかったんだと思いますね。腕に、ナイフを突き刺しても、それで死ぬとは限りませんからね。だから、針に、青酸カリを塗った凶器を使ったんです。列車が、スイッチバックの端で、停まる。保線区員の格好をした井戸は、四両の客車を、ずっと見ていく。1号車に、被害者が、腰をかけているのを見つけた。幸い、車内は、乗客はまばらだし、そのまばらな乗客は、反対側の窓から、谷側の景色に見とれている。チャンスです。そこで、井戸は、被害者の座っている窓ガラスを叩いたと、思いますね。何だろうと、彼女は、窓の外を見る。ヘルメットに作業服の保線区員が、立っているから、何の疑いも持たずに、窓を開けたに違いありません」

「そこを、毒針で刺したんですか？」

三浦が、先走っていうのを、十津川は「いや」と、首を振った。

「ただ、窓を開けただけじゃ、左腕は、刺せませんよ。窓の外に、被害者の左腕を出させなければならない」

「どうやったんでしょうか？」

羽田が、きいた。

14

「県警の調べでは、被害者の左手の掌に、泥がついていたといいます。そこに、ヒントがあると思う。彼女は、左手で、何かを摑んだんですよ。逆にいえば、犯人の井戸が、うまく、摑ませたことになりますね」

「しかし、どうやってですか？」

「たぶん、こうしたんだと思う。井戸は、保線区員になりすまし、両手に、近くの土をこすりつけておき、その手で、ジュースの缶でも持って、被害者に、こういうんです。ごらんのとおり、両手が汚れているので、このジュース缶を開けてくれませんかとね。それを、いやだとはいわないでしょう。彼女は、そのジュース缶を受け取って、栓を開けてやった。彼女は、右ききだから、左手で、缶を摑んで、右手で開けたに違いありません。そのとき、ジュース缶に、泥がついていたので、彼女の左手の掌にも、泥がついた。缶を開けた彼女は、当然、左手で缶を持って、井戸に渡そうとする。井戸のほうが、わざと、離れて立っていれば、彼女は、手を伸ばして、渡そうとするはずです。その時、用意していた毒針で、差し出された左腕を刺したんですよ。被害者はびっくりして、慌てて、手を引っこめる。犯人は、凶器の毒針を、素早く、車内に投げこんだ。ほとんど同時に、信号が変わって、列車は、動き出す。犯人は、悠々と、姿を消したに違いありません。立野の駅員にさえ見つからなければ、ヘルメットに作業服姿の男が、線路上を歩いていても、誰も、怪しみませんからね」

「しかし、犯人は、羽田さんに、写真を撮られていたことを思い出したんですね」

三浦刑事が、ちらりと、羽田を見ていった。

「そうです」と、十津川が、いった。

「乗客のひとりが、スイッチバックの端に向かって、カメラを構えていたのを思い出したんですね。井戸年次には、アリバイはない。だが、急行『火の山5号』に乗っていなかった。立野の駅にも、次の赤水駅にもいなかった。それが、逃げ道だったんです。毒針は、車内に投げこんだから、犯人は、車内の乗客のひとりと思われますからね。しかし、いないはずの保線区員が、写真に写っていたとなると、犯行の方法がわかってしまい、自分が危なくなる。そこで、羽田さんのことを調べたに違いありません。住所がわかったところで、羽田さんのマンションに忍びこんだのです。一度は、羽田さんが帰ってきて失敗し、もう一度、ネガを奪いに、入ったんです」

「それが、結果的には、井戸年次の命取りになったわけですな」

亀井が、にやっと笑った。

十津川も、微笑した。

「そうなんだ。彼が、何もしなかったら、われわれは、まだ、事件を解決できずにいたはずだ。羽田さんの撮った写真を見ても、何の疑問も持たなかったろうからね。保線区員というのは、線路の傍では、いわば『見えない人』なんだ。そこにいて当然の人だから、怪しいなどとは思わない」

「僕は、犯人に、二回もやられたあとでさえ、あの写真のどこが不審なのか、まったくわかりませんでしたからね」

と、羽田は、頭をかいた。

＊

羽田は、東京に帰ってから、新聞で、犯人として、井戸年次が逮捕され、自供したことをしった。

その後、仕事に追われて、いつの間にか、事件のことは、忘れてしまっていたが、十二、三日してから、一通の手紙を、十津川警部から受け取った。

〈先日は、捜査にご協力いただき、ありがとうございました。本日、犯人の井戸年次が起訴され、私たちの手を離れました。が、こうした事件では、いつも、刑事は、因果な仕事だと思います。

殺された清村ゆきも、可哀相ですし、犯人の井戸も、ただただ、自殺を図った姉が可哀相で、あの凶行に走ってしまったに違いありません。

表面的に見れば、一番悪いのは、関口代議士ということになるのですが、愛というものは、理性でコントロールできないもので、私は、彼を非難する勇気はありません。もちろん、夫婦の間が完全に冷えてしまった今、奥さんも可哀相です。たぶん、二人は、離婚するでしょう。

私は、こういう事件にぶつかると、刑事としては、感傷的すぎて、不適格ではないかと、思ってしまいます。

気分転換に、ひとりで、旅にでもいければいいのですが、事件に追われていると、それも、ままなりません。
できれば、次の事件では、ただ、追いかけることだけを考えればすむ、凶悪な犯人であってほしいと念じています。

十津川拝

羽田　明様〉

愛と死　草津温泉

1

最初、十津川は、自殺だろうと思った。

死んでいるのは、二十九歳の独身の男だった。名前は、浜口功《はまぐちいさお》。R食品のサラリーマンである。

五階の自宅マンションのベランダから、飛び降りたのだ。

昨夜、飛び降りたらしく、朝になって、ベランダの下の草むらのなかで死んでいるのが、発見された。

死体は、パジャマ姿だった。午後九時頃に帰宅したのを管理人が見ているから、そのあとパジャマに着替えたのだろう。

502号室のドアには鍵がおりていて、警官がなかに入ってみると、テーブルの上に遺書と思われる手紙が置かれてあった。

白い封筒のなかに入っていた便箋には、ボールペンで次のように書かれていた。

〈私が君を裏切ったのだから、死んでお詫びをしたい。それが、責任の取り方だと思う。

十一月五日　　　　　浜口　功〉

封筒の表に宛名は書かれていないが、遺書には違いないと思われた。

「どうやら、自殺のようですね」

と、亀井刑事がいい、それならわれわれの出る幕ではないという気になったとき、十津川は、部屋のなかに、妙な匂いがしているのに気がついた。

(何の匂いだろう?)

と、思いながら、十津川はその匂いを辿って、バスルームを開けてみると、浴槽に黄緑色のお湯が一杯に張ってあるのが見えた。

硫黄の匂いだったのだ。

お湯は、すでに冷めてしまっている。

今はやりの入浴剤で〈草津《くさつ》の湯・湯の花〉と書かれた袋が、封を切られているのが見つかった。

それを見たとき、十津川の頭のなかで、疑問が生まれた。これは、自殺ではないのではないかという疑問だった。

浴槽にお湯を満たし、そこに草津の湯と名づけた入浴剤を溶かしこんだ。そんなことをしてから、自殺する人間がいるだろうか？

身を清めてから死ぬということはあり得るだろうが、お湯は縁《ふち》まで一杯に満たされていて、彼が入浴した形跡はない。

たぶん、浜口は、これから温泉気分を味わうつもりだったのだ。

それを途中でやめ、遺書を書き、ベランダから飛び降りた。どうも合点がいかない。

「カメさん。これは、殺人《ころし》だよ」

と、十津川は、声に出して亀井にいった。

「とすると、あの遺書はどうなりますか？」

「おそらく、筆跡を似せて、犯人が書いたものじゃないかな」

と、十津川は、いった。

「問題は、動機ですね」

と、亀井が、いった。

十津川は、亀井と2DKの部屋のなかを調べる一方、西本と日下の二人の刑事に、浜口の勤めていたR食品にいき、彼の経歴や会社での評判などを調べてくるようにいった。

2DKの部屋は、六畳の洋間と、同じく六畳の和室にわかれている。

洋室の壁には、浜口自身が撮《と》ったものと思われる写真が三枚、パネルにして掲《かか》げてあった。

一枚は、有名な草津温泉の湯畑《ゆばたけ》の景色である。白く、湯煙りがあがっていて〈草津温泉　湯畑〉の標識が置かれている。

もう一枚には〈白根山《しらねさん》〉と書かれていた。秋に撮ったものらしく、燃えるような紅葉の向こうに、白い岩肌を見せる白根山の山頂部が、そびえている。

最後の写真には、旅館の前に立っている二十五、六歳の和服姿の女が写っていた。旅館の名前はわからないが、たぶん、草津温泉の旅館だろう。

「浜口というのは、草津が好きだったようですね」

と、亀井が、いった。

机の引き出しには、預金通帳や印鑑などが入っていた。

預金通帳に記入されていた金額は、二百五十万六千円余りである。二十九歳の独身の男としては、まあ平均的な預金額かもしれない。

ひととおりの電気製品は、揃っていた。二十九インチのテレビ、ビデオ、冷蔵庫のなかには缶ビールが一杯つまっている。そして、ライカM6。これで、草津の写真を撮ったのだろう。

部屋の隅に置かれたトランペットは、浜口の趣味なのだろうか。

（優雅な独身生活）

といった言葉が、十津川の頭に浮かんだ。

写真のアルバムと、手紙の束も見つかり、十津川と亀井は、それを一枚ずつ調べていった。

写真は、旅行好きらしく風景写真が多かったが、それでも人物を写したものもあり、若い女の写真も何枚か、混じっていた。

手紙のほうも、同じだった。

明らかにラブレターと思える手紙も何通かあって、適当に、複数の女とつき合っていたということなのだろう。

浜口の会社に調べにいっていた西本たちが戻ってきて、その結果を十津川に報告した。

「浜口という男について、会社では評判が二つにわかれているようです」

と、まず西本が、いった。

「まあ人間なんてそんなものだよ。敵がいれば、味方もいるんだ」

「上司はおおむね、浜口に対していい点を与えています。仕事熱心で、来年の人事異動では、係長になることが約束されている感じでした」

「それは、浜口が死んだので、お世辞をいってるんじゃないのか？」

と、亀井が、きいた。

「いくらかはその感じがないではありませんが、直接の上司が、係長になったら、そろそろ結婚させなきゃいけないと、ふさわしい相手を探していたのは事実だったようです」

「同僚の評価は違うということかね？」

と、十津川が、きいた。

「まったく違うわけでもありません。いい奴だという友人もいますし、女にだらしがないという友人もいました。女性の評価も、いろいろですね。話してて楽しいという女性もいれば、根は冷たい人だという女性もいますね」

と、西本は、いった。

浜口について、面白い話をきいたといったのは、日下刑事だった。

「浜口というのは、意外に面倒臭がりで、ひとりの時は、バスタブにお湯を入れて入ったりせず、シャワーですませるんだというのです」

「すると、お湯を入れて、入浴剤を入れたというのは、ひとりではなく、誰かと一緒に入るつもりだったということかな？」

「そんな気がします」

と、日下は、いった。

「浜口が、温泉好きだという話は、きかなかったかね？」

と、亀井が、二人にきいた。

「温泉好きというより、旅行が好きだったみたいですね。R食品は、年間二十日間の有給休暇がとれるんですが、浜口は、その大部分を旅行で使っていたみたいです。先月も、有給休暇に、土、日の休みを繋いで五日間、旅行をしています。どうやらそれが、草津温泉にいったようなんです」

と、西本が、いった。

「R食品では、入浴剤は作っていないのか？」

と、十津川が、きいた。

「その点、きいてみたんですが、作っていませんね」

と、日下が、いった。

「すると、あの入浴剤は、浜口自身が、草津から買ってきたものなのかな」

「それとも、犯人が持ってきたかでしょう」

と、西本が、いった。

そういえば、バスルームの脱衣所の棚に、同じ〈草津の湯〉という袋が九個、大きな袋に入り、それに〈草津みやげ〉と印刷されていたのだ。今はデパートでも、温泉ブームで、草津や熱海《あたみ》などの名前をつけた入浴剤が売られているが、どうやら、今回使われていたのは、草津で買われたものらしい。

2

三鷹《みたか》警察署に、捜査本部が設けられた。浜口の司法解剖の結果と、遺書の筆跡鑑定の結果が、報告されてきた。

死因は、頭蓋骨《ずがいこつ》骨折。死亡推定時刻は、午後十時から午後十一時。頭部の破損が大きいということは、飛び降りたのではなく、突き落とされた可能性が高いということだろう。

これは予想された結果だったが、遺書の結果は、十津川の予想とは違っていた。

十津川は、自殺ではなく他殺と考えた時点で、遺書は犯人が筆跡を真似て書いたものだと判断していたのだが、筆跡鑑定の結果は、意外にも、浜口本人が書いたものに間違いないという。

「なかなか面白いね」

と、十津川は、いった。

「犯人が、脅して、書かせたものかもしれませんね」

と、亀井が、いった。

「脅してねえ」

「よく字を見ると、少し、震えた感じの箇所があるんです」

「さすがにカメさんだ。詳しく見ているんだね」

「警部は、反対ですか?」

「脅して遺書を書かせるのは、難しいんじゃないかと思ってね」

「じゃあ、納得して書いたんでしょうか?」

「それも、引っかかるんだがね」

とだけ、十津川は、いった。

「もし、それが浜口の書いたものだとすると、遺書にある『君を——』の君が、誰かということになりますね」

と、北条早苗刑事が、いった。

「君は、それを、女だと思うか？」

と、十津川が、早苗にきいた。

「普通なら、女性だと思います。被害者の浜口が同性愛者なら、男の可能性も出てきますけど」

「その可能性はないだろう。君は、三田村刑事と、彼の女性関係を調べてみてくれ。まず、彼の部屋にあった女の手紙の主だ。彼女たちに会って十一月五日の午後十時から十一時までの間のアリバイを調べるんだ」

と、十津川は、いった。

人数は、三人。いずれも、東京在住の女で、草津の女はいない。

早苗と三田村の二人は、この三人の女性に会い、簡単にアリバイを調べてきた。

といっても、ウィークデイの午後十時から十一時という時間である。それに、三人とも、独身の若い女性となれば、確固としたアリバイがあるほうがおかしいということもいえる。

それでも、ひとりは、退社後、仲間五、六人と飲みにいき、そのあと、カラオケで騒いだことがわかった。

二人目は、浜口以外のボーイフレンドのマンションに泊まったことが、証明された。

残りのひとり、二十三歳の女だけが、その時間には、ひとりで自分のマンションですごしていたと証言した。

このひとりだけが、アリバイが曖昧だというわけである。

十津川は、早苗と三田村に、引き続き、彼女のアリバイを調べておくように指示した。

「カメさん。われわれは、草津へいってみようじゃないか」

と、亀井に、いった。

「そうですね。私も、今度の事件の根は、草津にあると思っていたんです」

亀井が、にっこり笑って、応じた。

「カメさんとは、いつも気が合うんで、嬉しいね」

と、十津川も、いった。

翌日、二人は、上野《うえの》発午前一〇時〇九分の新特急『草津3号』に、乗ることにした。

新特急『草津3号』は、同じ新特急の『谷川《たにがわ》3号』に連結され、新前橋《しんまえばし》まで一緒に走り、ここからわかれる。

二人は、十四両編成の列車に乗った。

1号車から7号車までが新特急『谷川3号』で8号車から14号車までが新特急『草津3号』である。

二人は、10号車に乗った。自由席では、10号車だけが禁煙車ではなかったからだ。

十津川は、妻の直子《なおこ》にもいわれているので、煙草はやめようと思っているのだが、事件に入ってしまい、それが難しい局面になると、どうしても、煙草に火をつけてしまうのだ。

秋の観光シーズンが終わり、スキーシーズンにも間があるせいか、列車はすいていた。二人は、発車間際に上野駅へいったのだが、ゆっくり、座ることができた。

二人が、今度の草津行で持ってきたものは、浜口の部屋にあった和服姿の女の写真と、遺書のコピーだった。

写真のほうは、草津へ着いてから、見直せばいいだろう。

十津川は、車内販売のコーヒーを飲みながら、遺書のコピーを読み直してみた。

改めて見直すと、奇妙な遺書だという気がする。

（まるで、ラブレターだな）

と、十津川は、呟いた。

君と一緒になれないのなら、自殺する。そんな感じの手紙でもある。

ひょっとすると、浜口は、そんなつもりでこの手紙を書いたのではないだろうか？　もちろん、半《なか》ば、ふざけてである。

とすれば、書かせたのは女、それも、若い女だろう。

まさか、それが自分の遺書になるとは思わず、女に甘えられて書いたのではないのか。

そこまで考えたところで、小さな壁にぶつかり、十津川はそのコピーを横の亀井に渡し、煙草に火をつけた。

3

列車は、一一時三七分に新前橋に着き、ここで新特急『谷川3号』と新特急『草津3号』にわかれ、二人の乗った新特急『草津3号』は草津に向かった。

一二時三六分、長野原《ながのはら》草津口駅に着いた。

ここで降りた乗客は、十津川たちを含めて十二、三人である。

(殺された浜口も、一カ月前、ここで降りたに違いない)

と思いながら、十津川はホームを見回した。草津温泉に近い駅のせいで、旅館やホテルの看板が並び、バスのりばの案内のところに、大きく〈草津温泉まで25分〉と書かれてあった。

十津川と亀井は、改札口を出て、バスのりばに歩いていった。

草津温泉行のバスが、待っていた。乗りこむと、列車のなかで一緒だった人の顔も、何人か見られた。

バスは国道292号線、通称草津道路を北に向かって走る。

天気がよいので、左手前方に白根山系が、はっきりと見える。その向こう側が、志賀《しが》高原である。

草津温泉街のはずれで、バスは停車した。

古い歴史のある温泉町なので、中心部は道路が狭いからだろう。

二人はバスを降り、温泉街の中心にある湯畑に向かって歩いていった。

前方に、白く湯煙りがあがっているので、そこが湯畑とすぐわかる。

草津温泉の源泉の一つから、湯の花《はな》を取るために、何条もの木樋《きどい》を並べ、そこに湯を通しながら、樋の底に沈澱《ちんでん》した湯の成分を、搾って採取する。これを「湯の花」といい、土産物店で売っている。

実際に目で見ると、石造りの柵で囲まれた湯畑は、五十メートルプールをひと回り大きくした広さで、木の角張った樋が何本も並んでいる景色は、壮観だった。

湯煙りがなければ、蜜蜂《みつばち》の巣が並んでいるようにも見える。

この湯畑を中心にして、草津温泉街が構成されている感じだった。

旅館街があり、土産物店が並んでいる。

浜口の写真にあった標識もあった。

大きな立方体の標識で〈草津温泉　湯畑〉の文字のほかに、ここの標高は一一五六メートルの文字も見えた。

その高さが白根山（二一五〇メートル）の山麓《さんろく》の温泉地であることを示している。そのせいか、陽が陰ると急に寒くなってくる。

十津川は、まず今夜泊まる旅館を決めることにした。

昼食をとるために、目に入った食堂に入り、そこの主人に、東京から持ってきた写真を見せた。

浜口の部屋にあったパネル写真の一枚で、旅館の前で、和服姿の若い女が写っているものだった。

「この旅館が、わかりますか？」

と、十津川がきくと、食堂の主人はちょっと見ただけで、

「ああ『北陽館《ほくようかん》』ですよ」

と、教えてくれた。

ここから歩いて七、八分の古い旅館だということだった。

ついでに、旅館の前で写っている女性についてもきいてみたが、こちらはしらないと、そっけなくいわれてしまった。

二人は昼食をすませると、湯畑を中心に放射状に延びている通りの一つを歩い

ていった。

古い格式のありそうな旅館が並ぶ一角に〈北陽館〉という看板が目に入った。

三階建ての木造の旅館だった。

なるほど、写真そのままの構えである。

（一カ月前、浜口はここに泊まったのか）

と思いながら、十津川は亀井となかに入っていった。

4

一応、一泊の予定で泊まることにした。

刑事であることは隠して、偽名でチェックインし、部屋に案内されてから、十津川は仲居に、

「実はこの旅館を、友だちに紹介されてね」

と、水を向けた。

「そうでございますか」

と、中年の小柄な仲居も、にっこりする。

「彼は、一カ月前にきているんだが、覚えていないかな。浜口というんだが」

と、十津川がいい、亀井が浜口の背格好や顔立ちを説明した。

だが、仲居は、小さく首を横に振った。

「そういう方は、お泊まりになっていらっしゃいませんね」

「この写真は、この『北陽館』ですね？」

と、十津川は、例の写真を見せた。

「はい。当館でございますけど」

「この女の人は、しりませんか？　着物姿だから、観光客ではなく、この土地の人だと思うんですがね」

と、十津川は、きいた。

「しりませんわ。見たことのないお顔ですわ」

「よく見て下さいよ。綺麗な人だから、記憶に残っているんじゃないかと思うんですがねえ」

「でも、しらないんですよ。申しわけございませんけど」

「ここの女将さんにも、きいてくれませんか」

と、十津川はいい、強引に写真を仲居に預けた。

夕食の時、女将がわざわざ挨拶に顔を出して、

「お客さまは、人探しにおいでになったんでしょうか？」

と、きく。

「いや、本来は、温泉を楽しみにきたんですよ。ただ、友だちが、その写真を見ましてね。どうしても、その写真の女性のことを、調べてきてくれと頼まれたんですよ。住所と名前がわかれば、つき合ってもらえないかといいましてね」

「そうでございますか。でも、生憎、私どもでは、わかりませんので」

と、女将はいい、写真を返してよこした。

女将が、顔を引っこめると、亀井が、

「何だか、様子が変ですね」

と、小声で、十津川に、いった。

「そうだな。用心されてる感じだな」

「われわれが刑事だと気づいて、それで、用心しているのかもしれませんよ」

「気づかれたとは思わないんだが――」

と、十津川は、いった。

夕食をすませると、二人は、丹前姿で、写真を丸めて持って、旅館を出た。

寒かったが、それでも丹前姿で、湯畑の周辺には客の姿をちらほら見ることができた。

二人は、土産物店の何軒かに入り、写真を見せて、この女性をしらないかときいてみた。

が、しっているという者はひとりもいなかった。

最後に、十津川は、警察の派出所を捜して、そこできいてみることにした。

四十歳くらいの警官が、ひとりで事務を取っていた。十津川は、ここでは警視庁捜査一課の刑事であることを名乗ってから、写真を見せた。

「これは、一カ月前に撮った写真なんだ。ここに写っている女性を捜している。君は、ここの生まれかね？」

「そうです。生まれたのは、長野原です」

「この派出所にきてからは？」

「三年になります」

と、警官は、緊張した顔で答える。

「それなら、この女性の顔を見たことがあると思うんだがね。どうかな？」

と、十津川は、きいた。

警官の表情が、一層硬くなった。

当惑の色といってもいいかもしれない。

「申しわけないんですが、見たことがありません」

と、警官は、いった。

「この女性が、観光客だと思うかね？」

と、亀井が、きいた。

「わかりません」

「しかし、若い女が着物を着て、この草津まで温泉に入りにくるということはないんじゃないかね？」

「かもしれませんが、こちらへきて着替えたかもしれません」

「しかし、何のために着替えるんだ？　着物なら、われわれみたいに、ゆかたに丹前でいいじゃないのかね？」

「その点は、私にはよくわかりませんが」

「この草津温泉で、着物をよく着ている女性というと、どんな人が考えられるのかな？」

と、十津川は、いった。

「そうですね。旅館の女将さん、仲居さん、それに、土産物店の店員でも、着物を着ている人がいますが」

「ここには、芸者さんもいるんじゃないの？」

と、亀井が、きいた。

「ええ。います。そうですね、芸者も着物を着ますね。しかし、ここの芸者はかつらをかぶっていますが」

と、警官は、いう。

「しかし、普段はかつらはかぶっていないだろう？」

「ええ。かぶっていませんが」

「じゃあ、この写真の女は、ここの芸者かもしれないな」

と、亀井は、いった。

「しかし、私は、ここの芸者ならほとんどしっていますが、この写真の芸者はしりません。違うんじゃないですか」

と、警官は、いった。

「出よう」

と、急に、十津川が、亀井に囁いた。

「お力になれなくて、申しわけありません」

と、警官はふかく頭をさげた。

二人は、派出所を出た。

「どうもおかしいですよ」

と、亀井が、いう。

「カメさんもそう思うか？」

「ええ、写真の女は、どう見ても観光客じゃありません。それに若くて、美人で、着物がよく似合っています。となれば、彼女のことを、たいていの人間がしっていなければおかしいですよ。少なくとも、派出所の警官や、旅館の女将は。小さい町なんですからね。それなのに、旅館の女将はしらないというし、ここで、三年間ずっと派出所で働いている警官もしらないという。変ですよ」

亀井は、まくしたてるようにいった。

「同感だがね、私たちは写真の女の名前もしらないんだ。反論しようにも、反論のしようがない」

と、十津川は、いった。

「どうしますか？」

「そうだな。ともかく、もう一日ここにいて、調べてみよう」

と、十津川は、いった。

〈北陽館〉に戻り、滞在日を一日延ばしてもらい、二人は、冷えた体を温めようと、一階にある風呂に入ることにした。

広い湯舟には、豊富なお湯が、あふれている。

黄緑色のお湯は、十津川に東京の被害者宅のバスルームで見た同色のお湯を思い出させた。

草津温泉は万病にきくといわれるが、お湯が濃いので、時間をおいて入ったほうがいいともいわれている。

十津川は体が温まると湯舟から出て、流し場に木の桶を枕がわりにして横になった。

背中の下を湯舟からあふれたお湯が流れていく。

それが気持ちよかった。

亀井も横に並んで、天井を見あげた。

外の気温がさがったせいか、湯気で浴室のなかがくもっている。

その湯気の向こうから今、入ってきたらしい泊まり客の話し声がきこえてきた。

「さっきフロントの傍を通ったら、刑事が二人できて泊まっているって話してたよ」

「刑事が？」

「ああ、何か調べにきてるらしい」

「何を調べてるんだ？」

「さあね。泊まり客のなかに強盗でもいるんじゃないか」

「まさか」

と、ひとりが笑い、そのあとは女の話になった。

「参りましたね」

と、亀井が、小声でいった。

5

あの派出所の警官が、ここの女将に喋ったのか。それとも、最初から、ここの女将に気づかれていたのか。

たぶん、十津川と亀井が仲居にいろいろときいたので、気取《けど》られてしまったのだろう。

そんなところには、旅館の女将というのは敏感だからだ。

部屋に戻ると、十津川と亀井は苦笑し合った。

せっかく偽名で泊まり、刑事であることも隠したのに、それが無意味になってしまったからである。

「やはり、何かありますよ」

と、亀井は、いった。

「そうだな。何かあるね。気のせいかもしれないが、警戒しているところへ、私たちが飛びこんでしまったような気がして仕方がないんだ」

と、十津川は、いった。

また、煙草の本数が増えてしまいそうだった。狭い板の間に置かれた椅子に腰をおろして、十津川は煙草に火をつける。

「私も、そう思います。ここの女将も、派出所の警官も、われわれが東京から調べにくることを、予期していたような気がしますね」

と、亀井も、いった。

亀井は煙草をやめているので、冷蔵庫から缶ビールを取り出して、飲み始めた。

「写真の女を、しらないというのは嘘だな」

と、十津川が、いう。

「そうですね」

「だが、なぜしらないと、いうんだろう？　ここの女将や、仲居がしらないというのは、わからなくはない。客商売だから、われわれにあれこれ調べられるのがいやかもしれないからね。だが、派出所の警官まで、嘘をつくというのは、何なのだろうね」

十津川は、首をかしげる。

「問題は写真の女でしょうね。彼女のことがわかれば、いろいろとわかると思うんですがね」

と、亀井はいい、ビールを音を立てて飲み干した。その乱暴な飲み方に、亀井のいらだちが表れているような気がした。

十津川のくわえた煙草も、すぐ灰になってしまう。また、彼は、新しい煙草に火をつけた。

「殺された浜口は、一カ月前、この草津温泉にやってきた。それは、間違いないはずだ。そして、彼は、美人で着物の似合う彼女を見つけて、この旅館の前で、写真を撮った。これも、間違いないと思うね」

「彼女も、写真を撮られたわけだから、その時点では、この草津で、彼女のことが別にタブーにはなっていなかったんだと思いますね」

と、亀井は、いった。

「そうだろうね」

「ビールを、もう一本、いただきますよ」

と、亀井はいい、冷蔵庫を開けた。

「警部も、どうですか？」

「私はいい」

「そうですか」

と、亀井は、缶ビールを持って、椅子に戻ってから、

「浜口が、ただ彼女の写真を撮っただけだったら、彼も殺されなかったでしょうし、彼女のことが、タブーになることもなかったろうと思いますね」

「浜口は、十月七日から五日間、休暇をとっている。その間、ずっとこの草津に

滞在したんじゃないか。そうだとすれば、彼女との間に何かあったとしても、おかしくはない」

と、十津川は、いった。

「何があったんでしょうね?」

「浜口が結果的に殺されているんだから、それだけのことがあったろうと思うんだが、問題は、浜口が、それを意識していたかどうかだな。どうも意識してなかったんじゃないかと思うんだよ。だから、平気で、女の写真をパネルにして、居間に飾っておいたり、知人を平気で自分の部屋に招き入れたりしたんじゃないのかね」

と、十津川は、いった。

「彼女は、まだ、この草津温泉にいるんですかね?」

「どうかな」

「まさか、一カ月前に浜口が彼女を殺してしまったんじゃないでしょうね?」

と、亀井が、きく。

十津川は、笑って、

「それなら、ここの警察が殺人事件として捜査しているよ」

「確かにそうですね」

「明日、カメさんは、ここで引き続き聞き込みをやってくれ。写真の女のことでだ」

と、十津川は、いった。

「警部はどうされますか？」

「長野原の町へいってくる。ここ一カ月の新聞を調べてみたいんだ。草津温泉で、何か事件が起きていないかをね」

と、十津川は、いった。

翌日、朝食のあと、十津川は、バスで長野原に出かけた。

ＪＲ長野原草津口駅で降り、新聞社を捜した。駅の近くに、群馬《ぐんま》新聞の長野原支局があるのを見つけて、訪れてみた。

警察手帳を見せ、十月七日から、十一月五日までの新聞を見せてほしいと頼んだ。

支局の狭い応接室で、一カ月の新聞に目を通した。

草津温泉に関する記事も、何回か出てきた。

泊まり客のひとりが、酒の飲みすぎで救急車で運ばれたといった記事もある。

草津温泉街の東端にある草津熱帯園の紹介記事も、載っている。温泉熱を利用して、ニシキヘビや、イグアナなどを飼育しているドームらしい。

十津川は、三回、読み返したが、写真の女についての記事は、見つからなかった。

十津川は、失望し、支局の記者が、しきりに、

「何か事件ですか？」

と、きくのを振り払って、支局を出た。

（事件は何も起きなかったのだろうか？）

と、十津川は、バス停に向かって歩きながら考えた。

（何か起きたのに、誰かが、それを隠してしまったのだろうか？）

どちらかわからないままに、十津川はバスで草津温泉に戻った。

〈北陽館〉に帰ったが、亀井は聞き込みに外出したままらしく、姿は見えなかった。

十津川も、すぐ、温泉街に出た。

今日も、バスや車で、客がやってきている。最近は、若い女性も多くなった。

石柵にもたれるようにして、湯畑を覗きこんでいる五、六人の若い女のグループの姿もあった。

古い温泉街の周辺に、ペンションや、マンションが、建つようになっている。

ぶらぶら歩いていくと、西のはずれに「西《さい》の河原」と呼ばれる湯の池があった。

途中は土産物店が並び、その前の道を登っていくと、上から流れてくる細い川が、湯煙りをあげている。

その先に、湯を溜めた池が、点々と連なっていた。

硫黄の匂いがし、石ころだらけの景色が続くので、賽《さい》の河原をもじって、西の河原と、呼んでいるのだろう。

一種の露天風呂になっているのだが、囲いもないので、昼間はさすがに入浴している人の姿はない。

立ち止まって、眺めていると「警部」と呼ばれた。振り向くと亀井で、

「何か、収穫がありましたか？」

と、きく。

「いや、ここ一カ月の新聞には、写真の女についての記事は何も載っていなかっ

たよ」

「私も、収穫はゼロです。土産物店で、お土産まで買ったんですが、写真の女は、しらないといわれましたよ」

と、亀井は袋を見せた。なかに〈草津の湯・湯の花〉のお土産が入っていた。

「ここの人間の口は堅いんだな」

「そうです。堅すぎるということは、写真の女のことをしっていて、何かあった証拠でもありますがね」

と、亀井は、いった。

「カメさん。昼食は?」

「まだです」

「じゃあ、そのあたりで食べよう」

と、十津川は、いった。

旅館で出される懐石料理にあきてきていたので、二人は、ラーメン屋を見つけてなかに入った。

注文をしてから、亀井が、

「浜口が、十月にこの草津にきたことは間違いないと思うんですが、その前にも、一度きているんじゃないでしょうか」

と、いった。

「なぜ、そう思うんだ？」

「実は、浜口のマンションにあったほかの二枚の写真を、もう一度見たくて、西本刑事にＦＡＸで送ってもらったんです」

と、いって、亀井は、それをポケットから取り出して、テーブルの上に広げた。

「白根山を撮った写真のほうは、シロクロではっきりしませんが、浜口の部屋で見た写真では紅葉が写っていました。だから、十月に入ってから撮ったものだと思います。しかし、湯畑を撮ったほうを見て下さい」

と、亀井が、いった。

「別に、おかしいところはないと思うんだが――」

「ここを見て下さい」

と、亀井が、指さした。

〈草津温泉　湯畑〉の標識が、大きく写っているのだが、遠景に、石柵にもたれて、湯畑を覗いている若いカップルが、写っている。

「白い湯煙りではっきりしませんが、よく見ると、男のほうは半袖のTシャツ姿です」

と、亀井は、いった。

「なるほど。Tシャツだねえ」

「標高一一五六メートルの場所ですから、十月は、もう寒くなっていると思うのです」

「面白いね。同じ居間にかかっていたので、同じ時に写したものだと思いこんでいたのだが、湯畑の写真は、夏に撮ったのか」

「それで、西本刑事たちに調べさせたんですが、浜口は七月初めにも休暇をとっているんです。土、日を入れて五日間で、同僚には、温泉へいってくると、いったそうです」

「二回、草津温泉にきていたのか」

「そうです」

「よほど草津温泉が気にいったのかな。いや、写真の女が、気にいったからだろうね」

と、十津川は、いった。

「浜口は、女好きだったそうですからね。それに写真の女は、美人です」

と、亀井は、いった。

ラーメンが運ばれてきたので、亀井がFAXの紙を丸めてポケットに入れ、二人はラーメンを食べ始めた。

「浜口が、二度草津温泉にきていたとして、それが何か、意味があるのかな」

と、十津川は、箸を動かしながら、呟いた。

亀井は「七月、八月、九月、十月——」と数えていたが、

「警部。もし、七月はじめに浜口がここにきたとき、彼女と愛し合って、五日の間に関係ができたとします。その時彼女が、浜口の子を身ごもったとすると、十月で三カ月になります」

「妊娠三カ月か」

「そうです」

「おめでたいことだが——」

「浜口と彼女が正式に結婚すれば、子供ができて、おめでたいことですが」

「そうだな。妊娠をしって、浜口が逃げ出したとすると、おめでたい出来事ではなくなってしまうね」

と、十津川は、いった。

「女は怒りますよ」

「しかし、それだけで、殺すかね？　もっと悪いことが、起きたんじゃないかな」

と、十津川は、呟いた。

6

十津川は〈北陽館〉に戻ると、東京の捜査本部にいる西本に電話をかけた。

「急いで調べてもらいたいことがある。十月中に浜口が、草津温泉周辺の銀行か信用金庫の誰かの口座に、金を振り込んでいないかどうかをだ。たぶん、浜口の利用している銀行からだと思う」

「すぐ調べます」

と、西本は、いった。

午後二時になって、西本から電話が入った。

「いろいろ調べましたが、浜口は十月中にはどこにも送金していません」

と、西本は、いう。

「送金していないか？」

「そうです」

「ちょっと待ってくれよ」

と、十津川は受話器を持ったまま、考えていたが、

「郵便局も調べてみてくれ。同じく、十月中に、草津の誰かに送金していないかだ。郵便局は、おそらく、R食品の近くか、自宅近くのものを利用したと思う」

と、十津川は、いった。

その返事は、午後五時すぎに届いた。

「見つけましたよ」

と、西本は、電話口で声をはずませた。

「話してくれ」

「R食品の近くにある郵便局から、十月二十三日に、浜口は送金しています。金額は、十万円。送金先は、群馬県吾妻《あがつま》郡草津町××番地、深井《ふかい》みゆきです」

「間違いないね？」

「間違いありません。郵便局に記録があります」

と、西本は、いった。

（やっと見つけたぞ）

と、十津川は、思った。

亀井も、それをきいて、目を輝かせた。

「彼女の名前は、深井みゆきですか」

「まず、間違いないと思うね」

と、十津川は、いった。

「十万円というのは、いったい何なんですかね？」

「手切金にしては、少なすぎるな」

「おそらく浜口は、彼女から妊娠をしらされ、中絶しろといって、十万円送ったんじゃありませんか？」

と、亀井は、いった。

「それが本当なら、ひどい話だな」

「ええ。ひどい話です。ひどい話だからこそ、殺人の動機になり得ます」

と、亀井は、いった。

「もう一日、ここに滞在しよう」

と、十津川は、いった。

翌日、旅館で朝食をすませると、二人はすぐ外出し、問題の番地の家を捜すことにした。

草津温泉街の詳しい地図を買い、それを参考にして捜す。

歩いている途中で、亀井が小声で、

「つけられていますよ」

と、十津川に、いった。

十津川は、前を見たまま、微笑した。

「『北陽館』の仲居だよ。われわれのことが、心配なんだろう」

「どうします？」

「ほうっておこう。どうせ、わかってしまうんだ」

と、十津川は、小声でいった。

問題の番地のところには、土産物店があった。

近くには、湯もみで有名な会館がある。午前二回、午後二回、五百円の見学料で、草津節に合わせて、着物姿の女性が長い板で熱湯をかき回す。

その草津節がかすかにきこえてくるのを耳にしながら、十津川と亀井は、土産物店に目をやった。

〈深井商店〉の看板が出ているから、この店に間違いないだろう。

「どうします？」

と、亀井が、きく。

「とにかく、当たってみよう」

と、十津川はいい、店のなかに入っていった。

店のなかには二人、観光客がいた。その二人が出ていくのを待ってから、十津川は着物姿の女店員に、

「ここのご主人に、お会いしたいんだが」

と、声をかけた。

その女店員が奥に向かって呼ぶと、五十歳ぐらいの男が顔を出した。

その顔が、十津川と亀井を見て、急にこわばった。

(やはり、われわれのことを、しらされているのだ)

と、十津川は思いながら、

「おききしたいことがあるんですがね」

「何ですか？」

と、男は、切り口上できく。

十津川は「実は——」と、警察手帳を見せて、

「東京で起きた事件のことで、きたんです」

と、いった。

男は、一瞬、戸惑いを見せてから、

「どうぞ、奥へ入って下さい」

と、いった。

二人は、奥の部屋へ通された。女店員が、茶菓子を出す。

十津川は、例の写真を相手に見せて、

「ここに写っている女性は、娘さんじゃありませんか？　深井みゆきさんだと、思うんですが」

と、きいた。

店の主人は、じっと写真を見ていたが、

「確かに娘のみゆきですが、それが何か？　警察のご厄介になるようなことは、していないはずですが」

と、怒ったような口調で、きき返した。

「娘さんに、どうしても、会いたいんですよ。今、いらっしゃいますか？」

と、亀井が、いった。

「用件は、何でしょうか？」

「それは、みゆきさんに会って、申しあげます」

と、十津川が、いった。

「今、おりません」

「どこへ出かけられたんですか？」

「親戚のところに、いっております」

と、深井は、いう。

「いつ、お帰りになりますか？」

「ちょっと、日時はわかりません」

「それなら、そのご親戚の家を教えて下さい。私たちがそこへいって、みゆきさんに直接会いますから」

「申しあげられません」

と、深井は、いった。

亀井が、眉を寄せて、

「われわれは、殺人事件を追って、ここまできた。協力してくれないと、困りますね」

「それなら、令状を持ってきて下さい」

と、深井は、負けずにいい返してきた。

「協力はできないというのか」

亀井が強い調子でいうのを、十津川が止めた。

「今日は、失礼しよう」

「しかし、警部」

「カメさん」

と、十津川は、亀井を引っ張るようにして、店を出た。

「警部。せっかく、事件の核心に触れたのに、なぜ止めたんですか」

と、亀井は、十津川に食ってかかった。

十津川は、それをなだめながら、歩き出した。

近くに喫茶店を見つけて、十津川は亀井を促《うなが》して、なかに入った。

時間が早いので、店のなかはがらんとしている。通りの見える座席に腰をおろして、十津川はコーヒーを注文した。

「コーヒーで、よかったかな?」
と、十津川が、機嫌をとるようにきくと、亀井は、
「娘のみゆきが親戚のところにいってるなんていうのは、嘘に決まっています
よ。きっと、店のどこかにいるんです」
「カメさんはまるで、彼女が、浜口を殺したみたいないい方だな」
と、十津川は、いった。
「動機はありますよ」
と、亀井は、いう。
運ばれてきたコーヒーを、ゆっくりかき回しながら、十津川は、
「動機って?」
と、きいた。
「七月のはじめに、浜口はこの草津にやってきて、深井みゆきに出会って、好き
になった。たぶん、強引に迫ったんだと思います。関係ができた。十月になっ
て、もう一度、浜口はやってきて、また彼女に会い、写真を撮った。そのあと
で、彼女は自分が妊娠しているのをしり、浜口にしらせた。ところが浜口は、そ
れをきいて慌てた。奴は、まだまだ遊びたかったんでしょう。あるいは、会社の

上司から見合いをすすめられていて、そちらの話に乗り気になっていたのかもしれません。それらしい話をきいていますからね。そこで浜口は、すぐ、子供を堕《お》ろせといい、手術料として、十万円を送ったんです。当然、彼女は怒りますよ。怒るのが、当たり前です。怒った彼女は、十一月五日の夜、浜口を訪ねて東京にいった。たぶん、表面上はいわれたとおり、子供は堕ろしたから安心してとでもいって、彼を安心させたんだと思います。そういって、油断している浜口をベランダへ誘い出し、いきなり突き落として殺したんじゃありませんか。これなら、理屈に合いますよ」

と、亀井は、いった。

「なるほど、確かに、動機は充分だ」

「そうでしょう」

「しかしねえ、カメさん。そのとおりだとしたら、なぜ『北陽館』の女将も仲居も、揃って写真の女なんかしらないと、嘘をついたんだろう？」

と、十津川は、きいた。

「草津温泉は小さな町です。二人とも深井みゆきのことをよくしっているんで、かばって嘘をついたんだと思いますよ」

「派出所の警官までがかい？」

「彼だって、ここの人間です」

と、亀井は、いった。

「――」

「いけませんか？」

「どうも少し無理があるような気がするんだがねえ」

と、十津川は、いった。

コーヒーを飲み終わると、十津川は急に、

「町役場へいってみよう」

と、亀井に、いった。

二人は、バスターミナルの近くにある町役場に向かった。

戸籍係のところで、十津川は警察手帳を見せて、深井みゆきの戸籍謄本を見せてほしいと頼んだ。

係が持ってきてくれた戸籍謄本を、二人で見た。

世帯主は深井勇作《ゆうさく》、五十二歳。さっき店で会った主人だろう。

妻、里美《さとみ》、四十七歳。

そして長女として、みゆきの名前があった。二十二歳。

しかし、その名前は抹消《まっしょう》されて、今年の十月二十七日、死亡となっていた。

十津川と亀井は、思わず顔を見合わせてしまった。

「参りました」

と、亀井は呟いて、

「浜口が殺された十一月五日より、九日も前に死んでいたんですね」

「犯人は別人なんだ」

十津川も難しい顔になって、呟いた。

その戸籍謄本をコピーしてもらって、二人は町役場を出た。

亀井は歩きながら、じっと考えこんでいたが、

「彼女の家族が犯人ということは、考えられませんかね」

と、いった。

「家族？　しかし、戸籍謄本を見ると、妹はいないし、兄や弟もいない。ひとり娘だったんだ」

「母親は、どうでしょう？」

「まず、無理だな」

「四十七歳でも、油断を見すまして、ベランダから突き落とせますよ。あるいは、五十二歳の父親かもしれません」

と、亀井は、いう。

「カメさん。浜口は、バスタブに草津の湯という湯の花を入れていたんだよ。ひとりの場合は、面倒臭がって、シャワーですませる男だったそうだから、彼は、訪ねてきた客と一緒に入ろうとしていたんだ。自分が傷つけた女の母親や父親と、一緒に入ろうと思うかね？」

と、十津川は、いった。

「確かに、不自然ですね」

「だから、相手は若い女だと、私は思っているがね」

と、十津川は、いった。

「彼女の女友だちということは、考えられませんか？」

「女友だちねえ」

「親友なら、彼女の敵《かたき》を取ろうとするんじゃありませんか？」

「しかしねえ。親友というだけで、殺人までやるだろうかね？」

と、十津川は、いった。

「そうですねえ」

と、亀井も、考えこんでしまった。そんな亀井を励ますように、

「親友という線は、悪くはない。その親友に、強い、何かの事情があれば、納得できるんだよ」

と、いった。

「何かの事情といいますと？」

「そうだな。たとえば、彼女と、死んだ深井みゆきとが、いわゆるレズと呼ばれる同性愛で結ばれていたとすれば、といったことだが」

「しかし、警部。もし女友だちが、深井みゆきと、そんな関係なら、みゆきは、浜口と関係は持たないと思いますが」

と、亀井は、いった。

「それも、そうだな」

と、十津川は、苦笑してから、

「別の理由だとすると、そうだねえ。深井みゆきに、命を助けられたことがあったといったことも、考えられるんじゃないかな」

「命ですか？」

「小さい時でもいいんだ。その友だちが、小さい時、川で溺れかけたのを、深井みゆきが、助けたということだってあり得るだろう。みゆきのほうは忘れてしまっていたが、女友だちのほうはしっかりと覚えていて、みゆきが死んだあと、その敵を討ったというのは、どうだね？」

と、十津川は、いった。

「悪くは、ありませんね」

「とにかくその前に、深井みゆきがなぜ死んだか、調べてみようじゃないか」

と、十津川は、いった。

「私も、それをしりたいと思います。もし病死なら、彼女の女友だちが、敵を討つために浜口を殺したというのは、納得できなくなりますから」

と、亀井は、いった。

「しかしねえ。カメさん」

「わかっています。病死でなければ、ここの警察が調べていると、おっしゃるんでしょう？」

「そうだ。それに、新聞に載ったはずだよ。だが私が、長野原の群馬新聞の支局で、十月の新聞を調べたが、載っていなかったんだ。殺されたか、あるいは変死でも、新聞は記事にしているはずだからね」

と、十津川は、いった。

「しかし、警部だって、調べる価値はあると思われるんでしょう?」

「ああ。もちろん、思っているさ。それに正直にいって、今のところほかに、突破口はなさそうだ」

と、十津川は、笑った。

「ただ心配なのは、この草津温泉に、正直に話してくれる人間がいるかどうかです」

と、亀井は、いった。

「それがあるね。写真に写っている女性が深井みゆきだということさえ、誰も教えてくれなかったからな」

と、十津川も、いった。

「なぜ、ここの人間は、こんなに口が重たいんですかね? われわれが、外の人間だからという理由だけではないと、思えるんですが」

「もちろん、違うさ」

と、十津川は、いった。

それでも、ここまできたら、突進するより仕方がない。何しろ、これは殺人事件の捜査なのだ。

二人は、回れ右して、深井商店の近くの、同じく土産物店に入っていった。

今度は最初から、店員に警察手帳を示した。店員が慌てて、女将を呼んできた。

十津川は、その女将に、

「そこの深井商店の娘さんのことで、ききたいんですが。ええ、みゆきさんです。十月二十七日に、亡くなっていますが、病死ですか？　それとも、事故か何かですか？」

と、きいた。

四十五、六歳に見える女将は、硬い表情で、

「ご病気だったと思いますよ」

と、いう。

「思うというのは、どういうことですか？　病気ではないかもしれないんですか？」

「いいえ。ご病気です。ただ、何の病気なのか、詳しいことはしらないというこ

とですよ」

と、女将は、怒ったような調子で、答えた。

「しかし、若いし、元気だったようだから、急死ですね」

「ええ」

「病院は、わかりませんか？」

「しりませんよ」

「葬式は、どこでやったんですか？」

「さあ、わかりませんけど」

「わからないって、ご近所じゃないか。葬式には、いかなかったんですか？」

亀井が、いらいらしてきたのか、大きな声を出した。

女将は、身を引いた感じになって、

「お葬式の時、わたしは用があって、他所《よそ》へいってたんですよ」

と、いった。

やはり、まともには返事をしてくれないのだ。

仕方なく外に出ると、亀井が、

「駄目でしたね」

「この調子では、ほかの人間にきいても返事は同じだろうな」

と、十津川も、肩をすくめた。

「どうしたらいいですかね？」

「そうだな」

と、十津川は、考えていたが、

「もう一度、町役場へいこう。最初から、あそこへいくべきだったんだよ。町役場の人間なら、こちらが要求する書類は見せる義務があるからな」

と、いった。

二人は、バスターミナルの傍の町役場に、引き返した。さっきの戸籍係のところへいくと、コピーしてもらった深井みゆきの戸籍謄本を示して、

「ここに載っている深井みゆきは、十月二十七日死亡となっていますがね」

と、十津川は、いった。

「ええ」

と、戸籍係はうなずいたが、この男も警戒する目になっていた。

十津川は、構わずに、

「死亡届は、当然、出ていますね？　深井みゆきが抹消されているんだから」

「それを、見せてくれませんか」

「ええ。まあ」

「しかし、それは、プライバシーの問題がありますから」

「いいか。あんた。われわれは殺人事件の捜査にきているんだ。その捜査の参考に見せてほしいといっている。そちらには見せる義務があるはずだよ」

と、亀井が、脅すようにいった。

それでも戸籍係は、奥の上司に相談してから、やっと書類を出してくれた。

死亡届には、医師の死亡診断書が添付されている。

死因は、心不全と書かれていた。

十津川は、手帳を取り出して、それを写し始めたが、急に「おや?」という目になった。

死亡診断書を書いたのは、M病院の田口《たぐち》という医師になっているのだが、そのM病院の住所が、高崎《たかさき》市内になっていたからである。

長野原にも、総合病院はあるはずだった。

現に、十津川は、JR長野原草津口駅から、この草津温泉までのバスのなかで、立派な病院の建物を見ている。

第一、草津温泉では、温泉を治療に利用するために、大きな病院を建てているはずだった。それなのに、なぜ、高崎の病院の医師が、死亡診断書を書いたのだろうか？

（この田口という医師に会う必要があるな）

と、十津川は、書き写しながら思った。

7

時間が惜しかったので、十津川は、タクシーを使って、亀井と、高崎に向かった。

榛名湖《はるな》の横を抜けて、高崎市内に入る。

草津からくると、いかにも大都会へ着いたという感じがする。

（だから、高崎の病院へ診《み》てもらいにきたのだろうか？）

と、十津川は、思ったが、M病院に着いてみると、大きな病院ではなかった。

一応、総合病院なのだが、中堅の古めかしい病院だった。

十津川と亀井は、ここの田口要《かなめ》院長に会った。

五十二、三歳の太った医師である。
十津川が、警察手帳を見せて、十月二十七日に死亡した深井みゆきのことについて話してほしいというと、渋面を作って、

「患者のプライバシーに関することを、口外することは、許されておりませんからね」

と、いった。

「しかし、別に、エイズだったわけでもないでしょう？　死因は、心不全になっていましたよ」

と、十津川は、いった。

「しかし、患者に関することはねえ」

「彼女が、ここにきた理由は、わかっているんです」

と、十津川は、いった。

「わかっていると、いわれると？」

「中絶の手術を受けにきたんでしょう。違いますか？」

十津川がいうと、田口は、妙にほっとした表情になって、

「しっておられるんですか」

「ええ。しっていますよ。妊娠三カ月だったんでしょう？」

「そうです」

「亡くなったのは？」

と、亀井が、きいた。

「手術の失敗じゃありませんよ。手術は、うまくいったんです。ただ、彼女は、もともと、体が丈夫ではなかったようだし、私は、二、三日、ゆっくり入院してから帰ることをすすめたんだが、一緒にきていた女性が、仕事があるからといって、タクシーを呼んでしまいましてね」

「一緒にきた女性というのは？」

「友だちといっていましたね。年齢も同じくらいでしたね」

と、田口医師は、いう。

「名前は、わかりませんか？」

と、十津川は、いった。

「さあ」

と、田口は、首をかしげていたが、

「そういえば前に、一度、うちへきたことがあるといっていたなあ。それで、友だちの深井みゆきさんも、連れてきたんだと」

「じゃあ、その友だちの診断書《カルテ》も、ここにあるはずですね？」

と、十津川は、いった。

「あるはずですよ。探してみましょう。確か、梅雨の頃だったと思うんだが
――」

田口は、ぶつぶつ呟きながら、カルテを一枚ずつ見ていったが、

「ああ、これだな。住所は、同じ草津町になっているから、間違いないと思います。名前は、宮口麻美《みやぐちあさみ》ですね」

と、教えてくれた。

「その宮口麻美が、タクシーを呼んで、強引に深井みゆきを乗せて、帰ってしまったんですね？」

「そうなんですよ。そして、途中までいったところで、容態が急変したといって、慌てて、ここへ戻ってきたんです。すぐ、応急処置をとりましたが、手遅れになっていましてね。心臓発作を起こして十月二十七日の午後九時すぎに、亡くなりました」

「先生が、二、三日ゆっくりしてから帰りなさいといったのに、友だちの宮口麻

美という女が、仕事があるのですぐ帰るといって、タクシーを呼んだんですね」

「ええ。私は、極力、止めたんですよ。タクシーで草津までゆられていくのは、危険だといったんです。案の定でしたよ」

と、田口医師は、いった。

「何の仕事だったんですかねえ」

と、亀井が、首をかしげた。

草津温泉で、深井みゆきの家は、土産物店をやっている。

ひとり娘の彼女は、店の仕事を手伝っていたのか？　美人だから、看板娘だったのかもしれない。

しかし、両親もいるし、店員もいる。それなのに、なぜ、仕事があるからと友だちの宮口麻美は、いったのだろうか？

「先生は、何かしりませんか？」

と、十津川は、きいた。

「仕事のことはしりませんが、お友だちがこんなことをいってましたねえ。深井みゆきという患者ですが、今年、ミス草津に選ばれたそうですよ。なかなか美人だから、ミス草津でも、おかしくはありませんがね」

と、田口は、いう。

「ミス草津にですか。ほかには」

「それだけですよ」

と、田口は、いった。

十津川と亀井は、田口医師に礼をいって、病院を出ると、タクシーを呼んで、草津へ戻ることにした。

「また一日、草津に滞在しなければならなくなったね」

と、十津川は、車のなかで、亀井にいった。

「深井みゆきが、急に妊娠中絶の手術を受けた理由が、わかりますね」

「そうだな。ミス草津が、妊娠していたのではおかしいからね。わからないように手術をしてしまおうと考え、わざと、高崎の病院にいったんだろう」

「しかし、警部。自分が妊娠しているのがわかっていたら、彼女はミス草津に選ばれても、辞退したんじゃありませんかね。今までに調べたところでは、真面目な娘のようですから」

と、亀井が、いった。

「自分が妊娠しているのをしらなかった時に、ミス草津に選ばれたんだろうね。

だから、浜口が最初に草津温泉へいった七月か、八月頃だと思うよ」

「八月といえば――」

「何だい？　カメさん」

「『北陽館』で、観光案内のパンフレットを見たんです。確か、それに、八月に何か行事があるとありました。手帳に写しておいたんです」

と、亀井はいい、ポケットから、手帳を取り出した。

「ありました。八月上旬に、草津温泉で、温泉まつりがおこなわれる。温泉女神（ミス草津）選出、花火大会、盆踊り大会などとあります」

「今年は、深井みゆきが、ミス草津になったんだ。そのあと十月になって、彼女は妊娠しているのをしったんだろう」

「そうでしょうね。しかしその時点で、なぜ慌てて、中絶に高崎までいったんでしょうか？　もう八月の温泉まつりは終わっているのに」

と、亀井が、首をかしげる。

「彼女は、美人だよ」

「ええ。だからミス草津に選ばれたんだと思いますが」

「あの写真を見ると、カメラ写りがいい」

「ええ」

「今はどこの観光地でも、宣伝に大わらわだ」

「そうですね」

「だから、ミス草津になった深井みゆきは、宣伝ポスターなどにしきりに登場していたんじゃないか。それが好評だというので、秋の観光シーズンのポスターにも、彼女は、使われることになった。たぶん、着物姿でね」

と、十津川は、いった。

「草津温泉の顔になったわけですね」

「その草津の顔が、妊娠していたのではうまくない。何しろ、ミス草津だからね。その上、浜口は、卑怯にも、妊娠をしって十万円送金しただけで、逃げ出した。彼女としてはそのことも、中絶を決心させたんじゃないのかな」

「一緒に病院にいった友だちの宮口麻美が、仕事があるからと、強引にタクシーで草津へ帰らせようとした理由は、何だと思いますか?」

と、亀井が、きく。

「だから、今もいったように、深井みゆきの宣伝ポスターが好評で、秋の観光シーズンになっても、彼女はいろいろな行事に引っ張り出されていたんだと思う。

十月二十七日に、手術を受けた直後にも、みゆきが出席する行事があった。それで、一刻も早く草津へ戻ることを考えたんじゃないかね」

と、十津川は、いった。

「深井みゆきの宣伝ポスターが好評だったとすると、一枚ぐらいは目にしてもいいはずですが、草津温泉にいってから、まったく見ていませんよ」

と、亀井が、いった。

「モデルの深井みゆきが、あんな死に方をしてしまった。それで草津の人たちは、彼女の死に、自分たちも責任があると感じているのかもしれない。だから、深井みゆきが写っているポスターは、全部回収してしまったし、われわれが見せた写真のなかの彼女について、しらないといっていたんだと思うよ」

と、十津川は、いった。

「何とか、彼女の写っているポスターが、一枚ほしいですね。もし見つかれば、われわれの考えの正しさが証明できますからね」

と、亀井は、いった。

「われわれ刑事が、草津温泉街を歩き回って、見せてくれといっても、誰も見せてはくれないだろうね」

「そうでしょうね。すべて回収して、処分してしまっているかもしれませんね」

「ひょっとすると、東京に残っているかもしれないな」

と、十津川は、いった。

「東京――ですか？」

「ああ。宣伝ポスターだとすれば、草津温泉に貼っておくより、観光客を呼びたい場所、草津に近くて一千万以上の人間のいる東京に、貼っておいたほうが効果があるからね」

と、十津川は、いった。

「そういえば、デパートなんかで、有名温泉地の宣伝をやっていたことがありますよ」

と、亀井も、いった。

十津川は、携帯電話を取り出して、捜査本部にいる西本にかけ、宣伝ポスターの話を伝えた。

「例の女性が、モデルになっている宣伝ポスターだ。何とか、見つけてくれ」

と、十津川は、いった。

8

二人は、草津温泉に戻ると、再び〈北陽館〉に入った。女将も仲居も、表面上は笑顔で「お帰りなさい」と迎えてくれたが、本心は当惑していると、十津川にも容易に想像がついた。

だが草津の温泉街では、ほかの旅館に泊まっても同じことだろう。ここでは、刑事だということはしれわたっているし、何をしに草津温泉にきたかも、この町の全員がしっているに違いなかったからである。

「われわれは、ここでは嫌われ者ですね」

と、亀井は部屋に入ってから、十津川にいった。

「仕方がないさ。少なくとも、幸せの使者じゃないのは、確かだからね」

「これから、どうしますか？　早速、宮口麻美という女を見つけ出して、今回の事件にどう関係しているのか、きいてみますか？」

「いや、もう少し、様子を見てみよう。宮口麻美が、十一月五日に浜口を殺したという証拠はないんだし、深井みゆきが宣伝ポスターになったかどうかだって、まだ推理の域を出ていないんだ。ポスターが実在するとわかってから、動いたほうがいいだろう」

と、十津川は、いった。

「東京で、そのポスターが見つかるといいんですが、それまで何をしていたらいいですか？」

「カメさんは町役場へいって、宮口麻美という女の住民票があるかどうか、まず確認してきてくれないか。私は、ぶらぶら歩いて、この町の様子を見てくる」

と、十津川は、いった。

翌日、亀井が町役場に出かけ、十津川は、丹前に旅館の下駄《げた》という格好で、散歩することにした。

今日は風がないので、太陽が出ていると意外に暖かい。

十津川は、質問はしないことにして、ただ土産物店を覗いたり、西の河原あたりをぶらぶら歩く。

目が合うと顔をそむける者もいるし、店の奥からじっと十津川を見ている目もある。

平気で十津川を見るのは、観光客だった。

時々喫茶店を見つけてなかに入り、コーヒーを注文して、黙って窓の外を眺める。ただ耳だけは大きく広げて、店のマスターやウェイトレスの話し声をきいた。

だが十津川を見ると、みんないい合わせたように黙ってしまうのである。

急に、袂《たもと》に入れている携帯電話が鳴った。取り出して、受信ボタンを押す。

「西本です」

という若い声が、きこえた。

「ポスターは見つかったのか？」

「ええ。見つかりましたよ。八月末にKデパートで開かれた草津温泉まつりの時、会場に貼られていたものだそうで、Kデパートの人が一枚持っているのを、借りてきました」

「深井みゆきが写っているか？」

「大きく、写っていますよ。着物姿で、ミス草津と、なっています。すぐFAXで送ります」

「ちょっと待ってくれ」

と、十津川は、いった。

今、旅館のFAXに送れば、当然、女将や仲居が見るだろう。

(かえって、そのほうがいいかもしれないな)

と、十津川は思い、電話に向かって、

「すぐ送ってくれ。三枚ほしいな」

「三枚ですか？　警部とカメさんに一枚ずつとして、あと一枚は？」

「いいから、三枚ほしいんだ」

と、十津川は、いった。

十津川は、わざとゆっくり〈北陽館〉に戻った。

亀井がすでに帰っていて、部屋で一緒になると、

「今、仲居が、東京からFAXが届いたと、これを持ってきてくれましたよ」

と、草津温泉のポスター二枚を、十津川に見せた。

FAXで受信しているから、シロクロで画像が粗《あら》いが、間違いなくそこに大きく写っているのは、深井みゆきだった。

「これ二枚か？」

と、十津川が、きいた。

「同じものだから、二枚でいいんじゃありませんか」

「実は、わざと三枚、送らせたんだ」

「すると、三枚目は？」

「ここの女将か、仲居が、持ち去ったんだろう」

と、十津川は、いった。

「何のためにですか？」

「この町の有力者たちに見せて、警察がこのポスターも手に入れたことを、しらせるためだろう。カメさんのほうは、どうだ？」

「間違いなく、宮口麻美という女は、この町に住んでいます。深井みゆきとは同年齢です」

「この町のどのあたりに住んでいるんだ？　仕事は？」

「彼女、驚いたことに町役場に勤めています」

と、亀井は、いった。

「じゃあ、顔を見てきたのか？」

「ええ、見てきました。彼女もなかなかの美人ですよ。草津の温泉に入ると、美人が生まれるんですかね」

と、亀井は、笑った。

「草津町役場の職員か」

と、十津川は呟いてから、

「ひょっとすると宮口麻美は、町役場の職員のひとりとして、東京のデパートで開かれた草津温泉まつりの催し物の仕事を、担当していたのかもしれないな」

「それは、考えられますね」

「その催しも、ポスターも、好評だった。それで町役場としては、草津温泉により多く観光客を呼ぶために、この線をより強力に推《お》し進めることにしたんじゃないかな。当然、ポスターモデルをしていた深井みゆきも、忙しくなってくる」

「草津温泉の期待を背負ったわけですね。深井みゆきも、宮口麻美も」

「そうなるね。だから、深井みゆきはひそかに中絶をしようとし、宮口麻美は手術直後のみゆきを、無理してタクシーに乗せて、草津へ戻ろうとしたんじゃないかな。たぶん、翌日、ミス草津の深井みゆきが出席する何かの催しがあったんだろうね。草津温泉の観光にとって、大事なイベントだったんだと思うね」

と、十津川は、いった。

「それ、当たっていると思いますよ」

と、亀井は目を輝かせて、いった。

とたんに、十津川の顔色が変わって、

「当たっていれば、宮口麻美は、逃げ出すかもしれないぞ」

と、いった。

9

二人は、旅館を飛び出した。

十津川はすぐタクシーを呼んで、ＪＲ長野原草津口駅へ向かい、亀井は町役場に向かった。

タクシーに乗っている十津川の携帯電話に、その亀井から電話が入った。

「町役場に、宮口麻美の姿は見えません。早退しています」

と、亀井は、急《せ》きこんだ調子でいう。

「彼女の顔の特徴をいってくれ」

「色白で、丸顔。ぱっと見たときに、目の大きさが印象に残ります。タレントのＮ子に似ていますね。身長は、百六十センチ前後です」

と、亀井は、いった。

「わかった。カメさんも、こっちへきてくれ。宮口麻美が逃げるとしたら、JR長野原草津口駅からだろうからね」

と、十津川は、いった。

「タクシーで、直接、高崎へ出ませんか？」

と、亀井が、きく。

「それも考えたが、ないと思ったよ。彼女は、高崎にはいやな思い出があるからね。本能的に、そのルートは避けるはずだ」

と、十津川は、いった。

「わかりました。すぐ、私も、そちらへいきます」

と、亀井は、いった。

十津川の乗ったタクシーが、JR長野原草津口駅に着いた。

真新しい駅舎に、人影はまばらだった。

十津川は、入場券を買って、改札口を通った。

コートの襟を立て、ホームのベンチに腰をおろす。ホームには、列車を待つ乗客が、数人しかいなかった。そのなかに、宮口麻美と思われる女の姿は、ない。

彼女はすでに、ここ発の列車に乗って、草津から出てしまったのだろうか？

だが、町役場から直接この駅にはこなかったろうと、十津川は思う。若い女なのだ。

いったん自宅に帰り、仕度をしてから、この駅に向かうはずだ。

それに、この駅を出発して東京方面に向かう列車は、一時間に一本くらいしかない。特急列車に限れば、四時間に一本である。臨時列車を入れても、二時間に一本だ。

十津川は、じっと待った。

草津温泉からバスが着いたらしく、ひとり、二人と、乗客がホームに入ってきた。

中年や老人が多い。が、そのなかに、若い女がひとり、混じっていた。

白いハーフコートを羽おり、サングラスをかけ、ショルダーバッグを肩からさげている。

身長は、百六十センチぐらい。色白で丸顔だが、サングラスのせいで、顔がよくわからなかった。

十津川は、じっと待った。

女が、新聞を買った。それを読むために、濃いサングラスを外した。

印象に残る大きな目だった。

十津川が見ているのに気づかず、新聞に目を通しているのは、事件の動きが気になるからだろう。

間もなく、上りの列車がくる。

十津川はベンチから腰をあげ、彼女に近づいていった。

傍へ寄って、

「宮口麻美さんですね？」

と、声をかけた。

はっとして顔をあげた相手に向かって、十津川は警察手帳を示した。

「おききしたいことがあるので、一緒にきてもらいます」

「――」

宮口麻美は、呆然とした顔で、黙っていた。

その時、亀井がホームに駆けこんできた。

十津川は、彼に向かって手をあげてから、小声で、

「カメさん。麻美に間違いないね？」

と、きいた。

亀井が、うなずく。

十津川と亀井は、彼女を駅前の派出所へ連れていった。

そこにいた警官に奥の部屋を借り、十津川と亀井が、宮口麻美と向かい合った。

麻美は下を向いたまま、黙りこくっている。十津川は、その麻美に話しかけた。

「私はね、男と女、どちらが悪いと決めつけたことはないが、今度の事件については、まったく男のほうが悪いと思っている。死者に鞭打つ気はないが、殺された浜口が、自分で殺される原因を作ってしまったと、私は思う。しかし、だからといって、犯人を見逃すわけにはいかないんだよ。できれば、自首したという形をとって、この事件の決着をつけたい。その気持ちを、わかってほしいのだ」

「何のことか、わかりませんけど」

と、麻美は顔をあげて、いった。

十津川の顔が、暗くなる。

「困ったな」

「――」

「よくきいてほしい。君が何もしらないといえば、私たちは群馬県警に協力してもらって、草津温泉にいるすべての人たちを、徹底的に調べなければならなくなる。深井みゆきが死んだ前後のことは特にだ。そうすれば、マスコミだって押しかけてくる。それでよければ構わないが、君だってそれは本意ではないはずだよ」

と、十津川は、いった。

麻美の表情が重くなった。そのまま押し黙って、何か考えている。

十津川は、わざと口をつぐんで、待った。

重苦しい時間がすぎていく。十津川は、麻美に、進んで告白してほしかったのだ。それなら、彼女が自首してきたことにできるからだった。

「あの――」

と、麻美が沈黙に耐え切れなくなって、口を開いた。

「何だね?」

と、十津川は、応じた。

「私は、あの草津で生まれました。あの町が好きなんです」

と、麻美は、いった。

「わかるよ。いい町だ」

「マスコミがよってたかって、あの町をめちゃめちゃにするのはいやなんです」

「それは、君の態度次第だよ。君が本当のことを話してくれなければ、今いったように、私たちは群馬県警と、草津の人たちのひとりひとりを尋問しなければならない。刑事たちが何人も、あの温泉街を歩き回ることになるんだ。観光客は、気味悪がって、こなくなるだろう。代わって、マスコミが押しかけてくるよ」

「そんなことは許せません」

「じゃあ、正直に話してほしい」

と、十津川は、いった。

「何から話したらいいんですか？」

と、麻美が、いう。

「君が今度の事件に関係したところから、始めてくれ」

と、十津川は、いった。

麻美は、前に置かれたお茶を一口飲んでから、

「今年の八月の温泉まつりは、いつも以上にみんな力を入れました。観光客をもっと呼びたかったからです。私は上司とその観光客誘致運動を担当していました。旅館の人たちも、土産物店の人たちも、一生懸命でした。ミス草津に友だちの深井みゆきが選ばれると、彼女をモデルにして、何枚も草津温泉の宣伝ポスターを作りました。彼女の美しさのおかげで、好評でした」

「私もその一枚を見たが、いいポスターだったよ」

と、十津川は、いった。

「それで彼女を、温泉まつりの時だけでなく、草津温泉のイメージガールとして、秋、冬のシーズンの宣伝ポスターも作ることにしたんです。彼女も、草津が好きだから、すすんで協力してくれることになりました。東京のKデパートで草津温泉まつりを計画したときも、彼女は東京にいってくれましたわ」

「そして君は突然、深井みゆきから妊娠していることをしらされたんだね?」

10

「みゆきも最初は、気づいていなかったんです。変調に気づいて診てもらったら、三カ月になっていたといいました。みゆきは、相手の男は東京の人間で、今でも時々電話をしているといいました。私は困りましたけど、彼女がその東京の男を愛しているのなら、仕方がないと思いました。幸福な結婚をしてくれれば、嬉しいと思ったんです。彼女は浜口というその男を愛していましたし、彼も愛してくれているといいました。ところが彼女が東京に電話して、妊娠したことを告げると、彼の態度が豹変したんです」

「子供を堕ろせといって、十万円送ってきたんだね？」

「ええ。みゆきにとっては、ひどいショックだったと思います。私はどう慰めていいか、わからなくて。そのうちに彼女は、自分で立ち直ったんです。彼女は送られてきた十万円を送り返し、自分で中絶するといったんです。両親にも、周囲の人間にも、しられずに」

「それで君は、高崎の田口医師のところへ、連れていった」

「ええ。高崎なら、誰にもわからないと思ってです」

「だが、そこで、彼女は亡くなった」

「ええ。あれは、私がいけないんです」

麻美は、声を落として、いった。

「十月二十七日に手術をして、医者が二、三日休んでから帰れといったのに、君はタクシーを呼んで、すぐ草津に帰ることにしたんだね？」

「ええ。でも、これはいいわけじゃありません。私よりみゆきが、もう大丈夫だから今日中に草津に戻ると、いったんです」

「何か、大事なことが、草津に待っていたんだね？」

と、十津川は、きいた。

「ええ。翌日の二十八日に、草津で、日本温泉会議が開かれることになっていて、イメージガールのみゆきが、挨拶することになっていたんです」

「やはりね」

「みゆきは、浜口のことは、きっぱり忘れて、草津温泉のイメージアップと、観光客誘致のために、働きたいといってくれました。自分でその決意をしていたので、すぐ草津へ戻りたいと、いったんだと思います」

と、麻美は、いった。

「彼女は死に、君は、浜口という男が許せなくなったんだね?」

と、十津川は、きいた。

「ええ。絶対に許せないと、思いました」

「それで、東京に殺しにいったのか?」

と、亀井が、きいた。

「最初は、浜口を殺すことまでは、考えていませんでした。嘘じゃありません。とにかく、みゆきに対して、謝ってもらいたかったんです」

と、麻美は、いった。

「続けなさい」

と、十津川は、いった。

「みゆきの葬儀が終わってから、私は東京にいき、浜口に会いました。彼女が亡くなったことを告げれば、冷たかった男でも、きっと、申しわけなかったと謝ってくれるだろうと思ったんです。でも浜口は、ただ、そうなのといっただけでした。それどころか、急に浴槽にお湯を入れ始めたんです。そして、十月に草津へいったときに買ったんだといって、湯の花を浴槽に入れたんです」

「何のために、彼はそんなことをしたんだね？」

と、亀井が、きいた。

「楽しそうに、湯の花を溶かしこみながら、私に向かって、一緒に入れよと、いうんです」

と、麻美は、いった。

「ひどい話だな。深井みゆきが死んだことで、まったく傷ついていなかったんだな」

亀井が、腹立たしげに、いった。

「私も、そう思いました。改めて、こんな男のせいで、みゆきが亡くなってしまったなんて、と腹が立ってきたんです」

と、麻美は、いった。

「それで、君は、かっとして、浜口を殺したのか？」

と、十津川が、きいた。

「いいえ。不思議に、かっとはしませんでした。むしろ冷静になって、こんな男は死んだほうがいいんだと、思いました」

と、麻美は、いった。

「そして、ベランダへ連れ出して、突き落としたのか？」

と、十津川はきいたが、すぐ自分で、

「いや、違うな。遺書のことがある。君は浜口に、どうやってあの遺書を書かせたんだ？ ぜひ、それをしりたいね。筆跡鑑定では、あれは浜口本人の書いたものだという結果が出ている」

「違います」

と、麻美は、いった。

「違うって、何が違うんだ？」

「正確にいえば、あれは、私が書いたものなんです」

「しかし、筆跡鑑定では――」

「私は、何とか、浜口に遺書を書かせて、自殺に見せかけて、殺してやろうと思ったんです。でも、遺書なんか、なかなか書かせられません」

「そうだろうね」

「それで、考え方を変えたんです。精一杯浜口に甘えて、今日は泊まるつもりでやってきたから、可愛がってと、いいました。浜口は、にやにやしてました。でも、いざとなって、裏切られるのはいやだといいました。どうしたら満足するんだというから、愛の誓いを書いてくれと、私はいいました。浜口は笑いながら、便箋を取り出し、ボールペンで、私のいうとおりに書き始めました。そんなものは、どうせ、いざとなれば守る気はないから、笑っていたんでしょうね。私は、彼が書く文字を見ながら、どれだけの字があれば遺書になるだろうかと、計算していたんです。『私は、君が好きだ。もし、裏切ったら、死んでしまってもい い。もし、子供ができたら、その責任を取る――』と、便箋に一枚分ほど喋って、それを浜口に書かせたんです。そのあと、十一月五日、浜口功と、書かせました」

「愛の誓いか」

「そのあとで、ベランダに連れ出し、草津はどっちの方向かしらとき き、浜口が指さして教えてくれているとき、いきなり突き落として、殺したんです」

と、麻美は、いった。麻美は続けて、

「それから、遺書の作成に取りかかったんです。幸い、便箋の用紙が薄いので、重ねると、下の便箋に書いた字が、すけて見えるんです。それを、一字一字、なぞっていきました。遺書に必要な字だけね。まるで、活字でも拾うみたいに、浜口が書いた愛の誓いのなかの字を、拾っていきました。四字拾ったり、一字だけ拾ったりしながら、遺書を作りあげたんです。時間がずいぶんかかりました」

「活字を拾うようにして、遺書を作ったか」

と、十津川は、感心したような表情になった。

「私のいいたいことは、これで、終わりです」

と、麻美は、いった。

「われわれが草津温泉にやってきて、あれこれ調べ始めた時は、どんな気持ちだったね？」

と、亀井が、きいた。

「やっぱり警察の人がやってきたかと、思いました」

と、いったあと、強い目で十津川を見て、

「刑事さんは、草津の町にとってマイナスになるようなことはしないと、約束してくれましたね？」

「ああ、約束した」

「それを守って下さいますね？」

と、麻美が、きいた。

十津川は、うなずいて、

「もちろん、約束は守るよ。君が、自白してくれたんだからね。こうしよう。深井みゆきは東京からやってきた浜口を好きになった。が、裏切られ、そのことから体を悪くして、十月二十七日、死亡した。彼女がミス草津になったことも、宣伝ポスターのモデルになったことも、関係ない。彼女の死は、あくまでも、個人的な男と女の関係がもたらしたものだった」

「はい」

「別に、嘘はない」

「ええ」

「その深井みゆきの、君は親友だった」

「はい」

「君は、親友の死を悲しみ、男のやり方に、猛烈に腹が立った。君は、せめて、男の謝罪の言葉をききたいと、東京の男の家を訪ねた。ところが浜口は、君から深井みゆきが亡くなったときいても、へらへらと笑っていた。君はその態度にかっとして、男をベランダに誘い出し、油断を見すまして、突き落とした。そのあと君は、自殺に見せかけようと思い、遺書を作って、マンションに置いておいた」

「ええ」

「これが、今度の事件のすべてだ。君は覚悟を決め、自首することにした」

「――」

「君は、どちらにするね」

と、十津川は、きいた。

「どちらって？」

「今度の事件は、警視庁が捜査している。だから東京で自首してもいいし、ここの長野原警察署に自首してもいい。どちらにするね？」

と、十津川は、きいた。

麻美は、ちょっと考えてから、

「できれば、草津から離れたところで、自首したいと思います」

「それなら、東京だな。君は、東京へいって自首しようと、町役場を早退したんだ」

と、十津川は、いった。

「ありがとうございます」

「私たちは次の特急列車で東京へ帰るから、君もそれに乗りなさい」

と、十津川はいってから、急に笑顔になって、

「カメさん」

「はい」

「カメさんも、それで、いいだろう？」

「充分です」

「じゃあ、時刻表で、次に出る上りの特急の時間を調べてくれ」

と、十津川は、いった。


（この作品はフィクションで、作中に登場する個人、団体名など、全て架空であることを付記します。）

本書は二〇〇九年七月、祥伝社より刊行されました。

双葉文庫

に-01-104

十津川《とつがわ》警部《けいぶ》 捜査行《そうさこう》

わが愛《あい》 知床《しれとこ》に消《き》えた女《おんな》

2022年4月17日　第1刷発行

【著者】
西村京太郎《にしむらきょうたろう》

【発行者】
箕浦克史
【発行所】
株式会社双葉社
〒162-8540 東京都新宿区東五軒町3番28号
［電話］03-5261-4818（営業部）　03-5261-4831（編集部）
www.futabasha.co.jp（双葉社の書籍・コミックが買えます）
【印刷所】
大日本印刷株式会社
【製本所】
大日本印刷株式会社
【カバー印刷】
株式会社久栄社

【フォーマット・デザイン】
日下潤一

ISBN978-4-575-52561-8 C0193
Printed in Japan